옥상에서
기다릴게

옥상에서 기다릴게

한세계 장편소설

차례

그냥 네 생각이 나서 · 7

그 여름에 말이야 · 41

그 말이 듣고 싶었어 · 67

아무것도 몰라서 미안 · 127

정말 많이 좋아해 · 169

옥상에서 기다릴게 · 209

작가의 말 · 241

추천의 말 · 245

그냥 네 생각이 나서

"자. 이건 너 줄게."

일기장 표지에 '김영원'이라는 세 글자가 삐뚤빼뚤 적혀 있었다. 그때 김지원이 미소를 지었다. 자기 뜻대로 됐다고 생각한 모양이다. 그게 거슬렸다.

"유서는 천천히 주면 돼. 천천히."

김영원이 꿈에 나오지만 않았어도 그딴 제안을 수락하지 않았을 텐데. 타이밍이 나빴다.

꿈에서 김영원은 내 이름을 숱하게 불렀다. "정유신. 저 엉유신. 정유우시인!" 하고. 대답하는 게 귀찮아서 모른 척하다가 내가 "왜!" 하고 소리 지르자, 김영원이 장난기 어린 얼굴로 웃었다. 왜 그렇게 귀찮았을까. 다른 사람도 아니고 김영원인데.

잠에서 깨어났을 땐 땀 때문인지 목덜미가 축축했다. 이 찝찝한 기분이 가시지 않아 샤워 후에도 괜히 목덜미를 더듬거렸다. 김지원이 나를 찾아왔을 때도 그때처럼 목덜미가 축축해졌다.

"도움은 별로 안 되겠지만 궁금한 게 있으면 언제든지 물어봐."

"됐어. 내가 알아서 해."

"그러든가."

대필은 소소한 용돈벌이에 불과했다. 일기, 독후감, 편지, 연설문…… 애초에 내가 쓸 수 있는 게 별로 없어서 의뢰가 오면 웬만해서는 모두 수락했다. 하지만 유서를 쓰는 건 처음이었다. 그것도 김영원의 유서를 써야 한다니. 일기장을 쥔 손이 가늘게 떨려 왔다. 나는 왼손으로 떨리는 오른손을 감싸 쥐었다.

"유서만 써 주면 그건 너한테 줄게."

김지원은 그 말만 남기고 사라졌다. 그래, 난 이게 받고 싶었다. 김영원이 남겼다는 이 망할 놈의 일기장이 갖고 싶어서, 유서를 대필하는 말도 안 되는 제안을 수락했다. 일기장에 적힌 이름을 보자마자 꿈에서 나를 부르던 김영원의 목소리가 떠올랐다. 도저히 거부할 수 없었다. 내가 감히 너를?

일기장에서 온기가 느껴지는 것 같았다. 그래서 일기장을 펼쳐 보지도 못한 채 한참을 손에 쥐고만 있었다.

◉

김지원은 자신을 김영원의 쌍둥이 형이라고 소개했다. 김영원한테 쌍둥이가, 그것도 형이 있다는 사실은 전혀 몰랐다. 그도 그럴 게 김지원과 김영원이 닮은 데라고는 이름 말고 없으니까. 김지원은 자기 말을 믿지 못하는 나에게 가족사진을 보여 줬다. 내 기억보다 앳된 김영원이 카메라를 향해 브이 자를 그리고 있었.

"전혀 몰랐는데."

"몰랐겠지. 나도 외동이라고 말하고 다녔으니까. 쌍둥이라는 말은 죽기보다 하기 싫었거든."

김지원의 사정 같은 건 궁금하지 않았다. 그저 내가 몰랐다는 게 기분 나빠서 고개를 돌렸다. 김지원은 김영원의 유서에 부모님 때문에 힘들어서 죽고 싶다는 말을 써 달라고 했다. 왜 유서를 의뢰하는지는 알려 주지도 않으면서.

"자살이 아니잖아. 그런데 어떻게 유서가 있겠어?"

"그러니까 널 찾아온 거잖아. 없는 유서를 만들어 달라고. 나중에, 나중에 설명할 테니까 그냥 좀 도와주면 안 돼? 부모님 때문에 힘들어서 죽고 싶다고만 써 달라고."

저 말을 들을 때만 해도 그 멍청한 제안을 수락할 거라고는 생각도 못 했는데. 난 김지원이 찾아냈다는 일기장 하나에 홀랑 넘어가고 말았다.

일기장을 받으면 당장이라도 펼쳐 보고 싶었는데, 이상하게도 그러지 못했다. 김영원의 이름이 적힌 일기장은 너무 무겁고 무서웠다. 어쩌면 내가 몰랐던 걸 알게 될 수 있다는 생각에 쉽사리 표지를 넘길 수 없었다. 표지만 봐도 숨이 안 쉬어지는 것만 같아 일기장을 서랍 깊숙이 넣었다. 그러고도 자꾸 서랍 쪽으로 눈이 갔다. 서랍 안에 있을 초록색 표지가 아른거렸다.

일이라도 할까 싶어 책상 앞에 앉았다. 전원 버튼을 누르자 노트북 화면이 반짝였다. 스마트폰도 아니고 폴더폰을 쓰면서 노트북 정도는 있어야 하지 않겠냐며, 엄마가 고등학교 입학 선물로 최신형 노트북을 사 줬다. 내가 노트북 앞에 앉은 걸 보면 엄마는 흐뭇하게 미소를 짓곤 했다. 그런 엄마의 미소가 좋았지만 그렇다고 노트북 앞에 앉을 일은 많지 않았다. 내가 노트북을 켤 때는 대필과 관련됐을 때뿐이었다. 엄마는 노트북을 자주 쓸 줄 알았다며 내심 아쉬워했다.

"스마트폰도 없는데 답답하지 않아?"

"나는 그게 더 싫어."

"너도 참."

내 말이 이해가 안 될 때면 엄마는 '너도 참' 하고 대꾸했다. 그 말이 그냥 하는 말인 줄 알기에, 나는 고개를 대충 흔들고는 말았다.

초등학생 때부터 들고 다니던 스마트폰을 없앤 건 고등학교에 올라오면서였다. 그해 겨울은 액정 화면을 밝혔다가 사라지는 알림이 유난히 거슬렸다. 알림이 평소보다 많았던 탓인지, 내가 보고 싶지 않았던 내용 탓인지는 모르겠다. 확실한 건 알림을 볼 때마다 가슴이 답답해지고 숨이 쉬어지지 않았다는 거다.

파란색 아이콘을 클릭하자 인터넷 창이 떴다. 로그인을 했는데 새로운 메일이 하나도 없었다. 노트북을 꺼 버릴까 하다가 손이 절로 검색창으로 향했다. '연주시 중학생 사건'이라고 쓴 뒤 엔터키를 누르자 화면이 바뀌었다. 작년 12월, 1월, 2월…… 날짜만 다른 기사들이 우후죽순으로 떴다. 익숙한 제목이 눈에 띄었다.

〈빙판길의 비극〉

섬네일에는 꽝꽝 언 빙판길 모습이 보였다. 기사 제목을 클릭했다.

지난 30일, 연주시에서 빙판길에 미끄러진 차량이 인도로 돌진하는 사고가 발생했다. 중학생 K 군(15)은 같은 학교 학생 Y 군(15)을 구하다 목숨을 잃었다. K 군이 Y 군을 사고 직전에 옆으로 밀치면서 Y 군은 가벼운 타박상에 그쳤다. 둘은 평소 일면식이 없었던 것으로 확인됐다. 밝고 쾌활한 성격이었다는 K 군. K 군의 사고 소식을 들은 친구들은 슬품을 감추지 못했다.

 기사 아래 '슬퍼요'가 105개 찍혀 있었다. 댓글도 8개가 달려 있었다. '그곳에서는 행복하기를', '어린 나이에 안됐네요', '참 용감한 친구입니다'. 여기까지 읽고 기사 창을 꺼 버렸다.
 다시 인터넷 창을 켜고 이번에는 '비극'이라는 단어를 검색했다.

1. 인생의 슬프고 애달픈 일을 당하여 불행한 경우를 이르는 말.
2. 인생의 슬픔과 비참함을 제재로 하고 주인공의 파멸, 패배, 죽음 따위의 불행한 결말을 갖는 극 형식.

 김영원과 안 어울리는 단어투성이였다. 슬픔, 불행, 파멸. 자기 이름 옆에 이런 단어가 붙는 걸 알면 김영원은 분명 더 좋은 단어를 찾아보라고 했을 거다. '슬퍼요' 옆에 있는 '화나요' 버튼을 누른 사람이 아무도 없었다. 나는 성난 표정의 이모티콘을 눌렀다. 김영원이라면 이랬을 거라고 생각하면서. 그러자 '화나요' 숫자가 1로 바뀌었다.

수많은 기사에 숨이 입안에 고였다. 의식적으로 크게 호흡했다. 들이마시고 내쉬고, 열까지 숫자를 세며 숨을 쉬었다. 숨이 폐를 타고 넘어갔을 때쯤 노트북을 껐다. 김영원의 얘기가 변주되는 걸 보기가 버거웠다.

나는 종종 습관적으로 사건을 검색하곤 했다. 그러다 불쾌함이 느껴지고 숨이 가빠 올 때면 그만뒀다. 찾아보지 않으면 될 텐데. 속으로는 그렇게 생각하면서도 반복적으로 행동했다. 잊을 만하면 그랬다. 김영원이 죽은 건 나 때문이니까. 절대 잊어서는 안 됐다.

◉

김지원은 우리 반 반장이다. 그래서 얼굴을 보고 싶지 않아도 보게 됐고 목소리를 듣고 싶지 않아도 듣게 됐다. 반장이 하는 일이 왜 그렇게 많던지, 의식하지 않으려 해도 소용없었다. 김지원과 눈이 마주치면 괜히 찔렸고 김지원이 말할 때면 속이 따끔거렸다.

김영원의 쌍둥이 형이 김지원이라는 걸 몰랐다면 좋았을 텐데. 김지원은 이런 내 마음을 아는지 모르는지 눈만 마주치면 웃었다. 그때 처음 알았다. 다정해 보이는 웃음이 누군가에게는 괴로울 수 있다는 것을.

친구들과 모여서 떠들고 있으면 어느새 김지원이 나를 쳐다봤다. 그럴 때면 나도 모르게 김지원에게 눈길이 갔다. 멍하니 선 나를 보고 애들이 "뭐야, 왜?" 하고 물으면 "아니, 그냥" 하고 대답했다. 그게 여러 번 반복되니 교실에 있는 게 불편했다. 그래서 교실 밖으로 나가는 일이 많아졌다.

학교에서 내가 제일 좋아하는 곳은 과학실이다. 과학실 옆에 큰 창문이 있는데, 창문 아래로 베란다처럼 만들어진 공간이 있었다. 과학 선생님은 그곳에서 플라스크나 비커 등을 말렸다. 창문이 꽤 커서 베란다로 나가는 게 어렵지는 않았다. 동아리 활동 시간이 아니면 과학실은 거의 사용하지 않았기 때문에 빈 교실이나 마찬가지였다.

점심을 먹고 과학실로 향했다. 과학실 앞에 자물쇠가 걸려 있었지만 문은 언제나 열려 있었다. 맨 앞에 있는 창문을 열고 밖으로 건너갔다. 창문에 있던 먼지가 손가락

군데군데 묻었지만 대충 털어 버렸다. 혹시 누군가 볼까 봐 커튼을 치고 창문을 닫았다. 나는 그대로 베란다 바닥에 주저앉았다. 열이 허벅지를 타고 올라왔지만, 오월의 햇살은 살이 따가울 정도는 아니었다.

운동장에서 아이들의 비명과 웃음소리가 섞여 들렸다. 도로를 달리는 차 소리도 들렸고 이따금 지저귀는 새소리도 들렸다. 이곳에 있으면 세상으로부터 한 발 떨어져 있는 기분이었다. 김영원을 처음 만난 곳도 비슷했다.

아무도 오지 않는 공간을 찾는 건 습관이었다. 엄마는 영업직이라 밤늦게 집에 들어오는 날이 많았다. 어렸을 적에는 외로움을 참지 못해서 엄마가 올 때까지 울다가 지쳐 잠드는 게 일상이었다. 악몽을 꾸고 엄마한테 열두 번인가 열세 번인가 전화를 한 날, 엄마는 나에게 외롭지 않을 수 있는 법을 알려 줬다. 아무도 오지 않는 곳에 가라고, 그러면 혼자인 게 당연하게 느껴진다고 했다. 지금 생각하면 그게 무슨 궤변인가 싶지만, 그때는 그 말을 철석같이 믿었다.

"거기에서만 외로운 거야. 거기가 아니면 유신이가 외로울 일은 없는 거야. 엄마가 데리러 갈 테니까. 알겠지?"

처음에는 이불 안, 그다음은 식탁 밑, 그다음은 미끄럼틀 안. 그런 식으로 내 외로움의 모습은 바뀌어 갔다.

중학생이 되고 내가 외로울 때 찾은 곳은 옥상이었다. 그곳에서 나는 가장 불안한 외로움을 만났다. 내가 다녔던 중학교는 학생 수가 꽤 많은 탓에 신관과 구관으로 나뉘어 있었다. 1학년은 신관에서, 2, 3학년은 구관에서 생활했다. 신관은 5층까지 있었는데, 4층과 5층은 특별실만 있어서 거기까지 올라가는 애들은 거의 없었다. 호기심에 5층 너머로 올라갔던 날, 아무도 오지 않는 옥상을 발견했다.

작년에는 유난히 비가 많이 내렸다. 머리부터 교복과 양말, 가방이 젖는 게 일상이었다. 아무리 귀를 막아도 빗소리가 흘러들어 왔다. 옥상에 안 간 지 일주일이 넘자 나는 참지 못하고 신관으로 향했다. 강수량이 몇백 밀리인지는 중요하지 않았다. 그저 옥상에 가고 싶었다.

발목까지 물이 차올라 있는 옥상은 낯설었다. 운동화를 벗어 두고 난간으로 걸어갔다. 난간에서 올려다보는 하늘이 얼마나 매력적인지 다들 모른다. 그 풍경이 보고 싶어서 발목에 일렁이는 물도 모른 척했다. 그런데 난간 앞에 서자 가슴이 답답했다. 물 때문인 것 같았다. 난간 위로 올라갔다. 물에 젖은 양말이 발에 달라붙은 감각이 생생했다. 울퉁불퉁 칠해진 페인트 자국의 촉감이 고스란히 느껴졌다.

"너 지금 감기 걸리면 엄청 고생한다. 여름 감기가 얼마나 독한데."

빗소리를 가로지르며 둔탁한 목소리가 들려왔다. 옥상은 언제나 혼자 있는 장소였는데, 누군가 말을 걸어온 건 처음이었다. 삐딱한 마음으로 뒤를 돌아봤다. 물기에 미끄러질 뻔했지만 이내 중심을 잡고 바로 섰다. 어이쿠, 그 애가 나 대신 소리를 내며 말을 이었다.

"조심해야지. 우산 필요해?"

까만 우산을 든 그 애는 장난스럽게 웃으며 손을 내밀었다. 나는 그 손을 잡았다. 나보다 큰 손은 빗물에 젖어 축축하고 미지근했다.

그때가 같은 반이기만 했던 김영원과 나의 진짜 첫 만남이었다. 그 손을 잡지 않았더라면. 가끔 그런 생각을 하곤 했다. 아니, 그래도 나에겐 김영원이 필요했다.

◎

"너 요새 교실에 잘 없더라."

김지원이 프린트물을 나눠 주며 말했다. 하필 맨 앞자리여서. 넘겨받은 종이가 유난히 날카로웠다.

"어쩌다 보니."

별일 없다는 듯 말하려고 했는데 쉽지 않았다. 김지원은 어깨를 으쓱하곤 옆 분단으로 옮겨 갔다. 나도 모르게 김지원에게 시선이 갔다. 김지원은 김영원과 달리 평범했다.

김영원이 죽은 건 작년 겨울이었다. 남을 구하다 죽었기 때문에 겨우내 학교는 소란스러웠다. 졸업식 날까지도 기자들이 찾아왔다.

기사에서는 김영원의 죽음이 명예롭고 숭고하다며 치켜세웠다. 그런 기사 밑에는 꼭 우리 학교의 사진이, 사고가 난 길목의 사진이, 눈시울이 빨개진 김영원 부모님의 사진이 있었다. 김영원에 대해 나쁘게 말한 것도 아닌데 나는 자꾸 반박하고 싶었다. 아니라고 말하고 싶었다. 아무것도 알지 못하면서 그런 말 하지 말라고 하고 싶었다.

하지만 그렇게 생각하는 건 나뿐이었다.

　김영원의 부모님은 김영원 이름으로 기부도 하고 봉사활동도 했다. 그럼 김지원은? 김지원은 그동안 어땠을까? 김영원과 닮은 구석이 없는 저 애는, 왜 나에게 유서를 써 달라고 한 걸까? 김영원이 남겨야 했던 말이 있는 걸까? 근데 그게 왜 지금 꼭 있어야 하지? 답을 모르는 질문들이 줄을 이었다.

　내 시선이 느껴졌는지 김지원이 옆을 돌아봤다. 눈이 마주칠까 봐 모른 척 고개를 돌렸다. 김지원만 보면 왜 내가 죄인처럼 느껴지는지 알 수 없었다. 그 애의 눈이 김영원과 너무 똑같아서, 새까만 눈동자를 보면 김영원이 떠올라서 그렇다고 생각하기로 했다.

　한 번 의식하기 시작하니 자꾸 눈이 갔다. 내가 김지원을 쳐다보면 김지원이 나를 쳐다봤다. 그러면 눈이 마주치기 전에 난 고개를 돌려 버렸다.

　김지원은 반장이었다. 반에 한 명씩 있는 공부 잘하고, 성격 괜찮고, 좋은 대학에 갈 것 같은 애. 공부 말고는 특별히 잘하는 것도, 못하는 것도 없어 보였다. 이름도 흔했다. 내가 아는 지원이만 해도 다섯 명은 넘었으니까. 그래서 김지원을 처음 봤을 때도 별생각이 없었다.

모두가 김지원을 '반장'이라고 불렀다. 나도 그 애를 그렇게 불렀고 김지원은 그게 자신의 이름인 듯 반장이라는 말이 들리면 뒤를 돌아봤다.

1학년 2반 반장 김지원은 평범했지만 쌍둥이 동생 김영원은 특별했다. 김영원은 나한테 부모님에 대해선 자주 얘기했지만 형에 관해서는 언급한 적 없었다. 김영원이 가족을 얼마나 아끼고 사랑하는지 알았기 때문에 더이상했다.

김지원은 나에 대해 어떻게 알았을까. 그리고 왜 나한테 유서 같은 걸 의뢰한 걸까. 형용할 수 없는 불쾌함에 인상이 찌푸려졌다. 김지원과 눈이 마주친 건 그때였다. 김지원은 아무 감정도 실려 있지 않은 눈으로 나를 보고 있었다. 속이 안 좋아졌다. 그래서 김지원을 쳐다보는 걸 그만뒀다.

내가 이유를 묻는다고 해서 김지원이 답해 줄 것 같지는 않았다. 김영원의 일기장을 보면 알 수 있을까. 쓰는 건 죽어도 싫다던 김영원이 일기를 썼을 줄은 꿈에도 몰랐다. 일기장을 볼 용기가 생기지 않았다.

서랍 앞에 앉아 있을 때면 내 안에서 목소리가 들려왔다. 그 안에 무슨 말이 적혀 있을 줄 알고? 감당할 자신은 있어? 설령 김영원이 너를 원망하고 미워했다고 해도? 그 목소리에 대꾸할 수 없었다. 난 서랍 앞에 주저앉았다가 일어나기를 반복했다. 한심하다고 생각하면서도 그랬다.

하필 우산을 두고 온 날이었다. 종일 맑았고 비 냄새도 나지 않았다. 창문 사이로 달이 반짝이는 것도 분명 봤다. 하지만 오늘은 맑을 거라는 기대를 배신하고 하굣길에 갑자기 비가 쏟아졌다.

애들은 가방에 있는 우산을 꺼내거나 손에 들고 있던 우산을 펼치거나 교문 밖으로 달려 나갔다. 나는 뛰는 게 귀찮아서 비를 맞기로 했다. 걸어가는데 머리를 두들기는 빗방울이 짜증 났다. 교복이 쫄딱 젖고 머리에서 물이 뚝뚝 떨어졌다. 그때 누군가 내 옆에 섰다.

"우산 없어?"

화들짝 놀라 옆을 쳐다봤다. 익숙한 까만 우산 아래로 김지원의 얼굴이 보였다. 안경에는 물방울이 흘러내렸다. 김지원은 여기까지 달려왔는지 거칠게 숨을 몰아쉬었다. 우산 손잡이에 시선이 갔다. 거기엔 네임 스티커가 붙어 있었다. '김영원'에서 '영원'이라는 글자가 번져서 희미해진 이름. 내가 붙여 준 스티커였다.

"아, 이거…… 미안, 잘못 들고 나왔어."

김지원은 당황한 듯 사과를 했다. 우산에 닿는 빗소리가 둔탁하게 들렸다. 나는 느리게 고개를 저었다. 김지원이 사과할 일도, 내가 사과받을 일도 아니었다.

"걸어가? 데려다줄게."

김지원이 물었지만 목이 메어서 말이 나오지 않았다. 우산이 자연히 내 쪽으로 기울어졌다. 거절 의사를 표현하려고 발걸음을 빨리했는데도 김지원은 꿋꿋이 따라왔다. 집까지 따라올 생각인 것 같았다. 바닥에 물웅덩이가 가득해서 걸을 때마다 찰랑거리는 소리가 들려왔다. 얘네 집은 우리 집과 반대 방향일 텐데, 이렇게 계속 따라와도 되는 건가. 곁눈으로 김지원을 바라봤다. 살짝 구겨진 하얀 교복 셔츠가 보였다.

"뭐. 왜."

김지원이 우산을 더 높게 드는데 익숙한 향이 났다. 김영원에게서 몇 번이나 맡았던 들꽃 향기. 다시 맡을 수 있을 거라고는 생각하지도 않았다.

　김지원의 오른쪽 어깨가 다 젖어 있었다. 애도 김영원만큼이나 미련했다.

"너는 일기장 읽어 봤어?"

　김지원은 놀란 듯 눈을 동그랗게 뜨고 나를 쳐다봤다.

"어. 다 읽었어."

"어땠어?"

　빗줄기가 더 거세졌다. 운동화 안으로 비가 스며드는 게 느껴졌다. 양말이 달라붙으며 발가락 사이사이를 파고들었다. 나는 괜히 발가락을 꼼질거렸다.

"같이 밥 먹어 줄걸 그랬어."

"뭐?"

"뭐만 하면 형, 형, 하고 불러 대는 게 귀찮아서 무시했는데, 같이 밥도 먹고 공부도 할걸. 욕도 안 하고 창피하다고도 하지 말걸. 같은 학교로 갈걸. 그냥 좀 잘해 줄걸 그랬어."

　김지원의 목소리가 빗소리와 차 소리에 섞여 들렸다. 주의를 기울이지 않으면 들리지 않을 정도였다.

"내가 제일 싫어하는 게 뭔 줄 알아? 바뀌지 않는 일에 짜증 내는 거야. 근데 김영원만 생각하면 맨날 그러고 있어. 그냥 나는, 나는, 내가 걔한테 해 줄 수 있는 게 이것밖에 없을 것 같아서. 그래서 너한테 부탁한 거야."

대답은 필요 없을 것 같았다. 나는 물웅덩이를 피해서 춤을 추듯 발을 옮겼다. 김지원도 나를 따라 열심히 우산을 움직였다. 저 멀리 내가 사는 아파트가 보였다. 아파트 꼭대기에 있는 조명이 십 초에 한 번씩 색을 바꿔 가며 반짝였다.

"유서 같은 건 네가 써도 될 텐데. 그렇게 어려운 것도 아니잖아."

서랍 안에 잠들어 있는 일기장을 떠올리자 나도 모르게 나온 말이었다. 나도 맡은 일에 불평하는 성격은 아니다. 하지만 유서에 대해 생각할 때마다 가슴이 답답해지곤 했다.

김지원은 공부도 잘하면서 자기가 쓰면 되지 왜 나까지 끌어들이는 걸까. 김지원 말대로 '고작' 부모님이 원망스럽다는 내용이면 자기가 써도 될 텐데.

"나는 걔를 잘 몰라. 몰라서, 뭐라고 써야 할지 모르겠어. 근데 네가 하면 좀 다를 것 같아. 너는, 잘 알잖아."

목적어가 없잖아. 대꾸하려고 했는데 말이 입안에서만 맴돌았다. 나는 장례식장에 가지도 않았고 애들이 책상에 조화를 올려놓을 때도 모르는 척 자리에 앉아 있기만 했어. 그랬다고, 나는. 아무것도 모르면서 뭐라는 거야. 울컥해서 금방이라도 눈물이 쏟아질 것만 같았다.

"집 앞까지 데려다줘서 고마워. 가 볼게."

"이건 네가 쓰고 가. 나보다 너한테 더 필요할 것 같거든."

김지원은 우산을 내 손에 쥐여 줬다. 그러곤 반대편으로 달려갔다. 저렇게 빠르지 않았던 것 같은데. 뒤를 돌아볼까 싶어서 손을 흔들고 있는데, 그 애는 한 번도 돌아보지 않았다.

김지원이 아무렇지 않게 들고 있던 우산이 내게는 너무 무거웠다. 우산 아래서 질식할 것 같았다.

가방을 대충 던져 놓고 서랍 앞에 앉았다. 혹 일기장에 물이 떨어지기라도 할까 봐 교복 치마에 손을 열심히 닦았다.

"너는, 잘 알잖아."

김지원의 말이 머릿속에서 맴돌았다. 아니, 잘 몰라. 나는 김영원에 대해서 아무것도 몰라. 그래서 알고 싶었다. 김지원이 왜 그렇게 생각했는지 궁금했다. 심장이 쿵쿵 뛰었다. 애써 숨을 가다듬고 일기장을 꺼내어 펼쳤다.

202X. 05. 02.

음악 시간에 다 같이 이상한 영화를 봤다. 옛날 영화라고 했는데 제목도 어렵고 내용도 하나도 이해가 안 됐다. 솔직히 이걸 볼 바에는 자는 게 낫겠다고 생각했다. 그래서 애들이랑 오목을 뒀다. 그러다가 엄청나게 큰 소리가 나서 티브이를 봤는데, 그때 주인공이 한 대사가 기억에 남았다.

"남는 건 기억이지 사실이 아니야. 인간들은 원래 그렇듯 뭐든 좋을 대로 기억해 버리니까."

대충 이런 대사였다. 그러고 보니 주인공은 인간이 아니었나? 그건 잘 모르겠다. 영화를 안 봐서. 물어봤더니 아는 애가 하나도 없었다. 하여튼 다들 도움이 안 된다. 인터넷에 찾아보고 싶었는데 제목을 몰랐다. 그래서 포기했다.

어쨌든 그건 중요하지 않다. 사실이 기억에 남는다고 생각했는데, 잘 생각해 보니까 그건 사실이 아닌 것 같다. 내가 기억하고 싶은 것만 남기는 것 같기도 하고. 그렇다면 차라리 내가 기억하고 싶은 걸 적기로 했다. 적지도 않으면 기억도 못 할 것 같아서. 그래서 일기를 쓰기로 했다.

초등학생 때 방학 숙제로 적어 본 것 말고는 처음이다. 혼자 일기 쓸 생각도 하고, 내가 철이 든 것 같다. 일기를 언제 쓸까 고민했는데 수업 시간이 딱 좋은 듯하다. 들키면 창피한데…… 상상만 해도 끔찍하다.

꾹꾹 눌러쓴 샤프 자국이 선명했다. 글에서 김영원의 밝고 유쾌한 목소리가 들리는 듯해 나도 모르게 웃어 버렸다.

김영원과 나는 중학교 3학년 때 같은 반이었다. 그런데 교실에서는 아는 척도 하지 않았다. 김영원은 나랑 다르게 어딜 가도 반짝여서 부담스러웠다. 우리가 교실에서 보낸 시간이 제일 길었을 텐데, 내가 김영원을 제대로 기억하는 건 단둘이 있었을 때뿐이다. 그래서인지 같은 반이어서 나도 알고 있는 사실을 일기에서 발견할 때면 신기했다.

일기장 때문에 문득 짧은 기억이 떠올랐다. 불 꺼진 음악실은 너무 어두웠고 기분 좋게 시원했다. 그때 나는 책상에 엎드려 그대로 잠들었다. 그래서 무슨 영화였는지는 하나도 기억나지 않았다. 잠들지 않았다면 좋았을걸.

김영원의 목소리를 더 듣고 싶어서 얼른 다음 장으로 넘겼다.

202X. 05. 14.

체육대회가 드디어 다음 주다. 그래서 체육 시간마다 체육대회 연습을 한다. 1인당 한 종목에 나가야 하는데 난 체육부장이라 두 탕을 뛰어야 했다.

대충 남은 종목에 땜빵으로 뛸 생각이었는데 애들 때문에 농구에 나가게 됐다. 내가 던진 슛이 들어갈 때마다 뽀록이라고 꼽 주면서도 내가 없으면 안 된다고 난리가 났기 때문이다. 나 아니면 나갈 사람이 없다니까, 뭐 어쩔 수 없지. 기분은 좀 좋았다.

근데 문제는 애들은 7반을 이기고 싶어서 난리가 났는데, 7반엔 진짜 잘하는 애가 있다. 걔는 나보다 6센티는 더 크고 소문으로는 선수 준비한다는 말도 있다.

진짜 하기 싫다……. 걔한테 이기면 내가 선수를 하지 취미로 하겠냐고. 안 하겠다고 더 빼는 것도 눈치가 보여서 그냥 나가기로 했다. 난 그냥 적당히 할 줄 아는 건데……. 내가 가짜라는 걸 난 아는데, 애들은 모르나 보다. 내가 말해 봤자 아무도 들어주지 않을 건 뻔했다.

하…… 학교 가기 싫다. 그냥 다 때려치우고 산속에 들어가서 살고 싶다. 체육 시간이 싫은 건 처음이다.

일기장에 뽀록이라고 적는 사람이 어디 있냐. 곁에 있으면 이렇게 말했을 거다. 그리고 깔깔 웃으면서 김영원과 한참 떠들었을지도 모른다. 일기장에서 따가운 햇볕이 느껴지는 것만 같았다.

이때가 딱 일 년 전이다. 운동 빼고 다 못하는 우리 반 애들은 체육대회에 열의를 보였다. 우리 반을 무시하는 선생님들과 다른 반에 본때를 보여 주자던 분위기였다. 체육부장인 김영원도 전교에서 손꼽을 만큼 운동을 잘했고 그 외에도 운동을 잘하는 애가 많았다. 다 같이 애쓰는 분위기가 싫지만은 않았다.

체육대회의 하이라이트는 농구 결승전이었다. 결승전 상대는 7반이었는데, 7반 에이스는 공을 들고 날아다녔다. 우리 반에서 제일 큰 김영원보다 머리 하나가 더 커서 모두가 올려다볼 정도였다. 다행히 에이스인 그 애 말고는 다 고만고만했다. 우리 반 애들이 지치면서 역전을 당했지만 김영원이 버저비터를 넣으며 승리했다. 김영원은 발갛게 달아오른 얼굴로 환하게 웃었다. 누가 뭐라 해도 그날의 주인공은 김영원이었다.

다들 김영원을 끌어안고 난리가 났다. 나도 김영원의 등을 두드려 주고 싶었는데 발바닥이 땅에 달라붙어 있었다. 김영원은 그저 나와 말도 제대로 해 본 적 없는 같은 반 애니까.

김영원은 잘 웃고 장난기가 많았다. 누가 무슨 부탁을 하든 싫은 티를 내지 않았다. 그런 애를 싫어할 애들은 없었다. 다들 김영원과 친해지고 싶어 했다. 혹여 김영원과 조금이라도 친한 애들은 그 사실을 티 내지 못해 안달이었다. 당연히 인기도 많아서 김영원의 옆자리는 비지 않았다. 여자 친구랑 헤어져도 사흘 안에 새로운 여자 친구가 생겼다. 그래서 김영원이 처음으로 고백을 거절했을 때 난리가 났다.

"좋아해 줘서 너무 고마워. 근데 나 같은 애는 좋아하지 마. 네가 훨씬 아깝다."

여름방학 내내 여자 친구가 없던 것도 놀라운 일인데

그 이후로도 김영원은 아무도 만나지 않았다. 아이러니한 건 거절할 때의 정중한 태도 때문에 김영원을 좋아하는 애들이 늘었다는 거다.

"도대체 왜?"

"그렇게 다정한 건 유죄잖아. 몰라?"

"아니, 자길 좋아한다는 사람한테 못되게 굴면 그게 인간이야?"

"싫다고 하면 되잖아."

"그건 너무 잔인하잖아. 만약 내가 고백했는데 걔가 그러면 삼대에 걸쳐 저주할 거야."

"이상한 부분에서 감성적이네."

김영원은 내 말을 전혀 이해하지 못했다. 자신에게 네 번인가, 다섯 번인가 고백한 여자애를 거절한 날, 김영원은 처음으로 내게 고민 상담을 요청했다. 그러나 내가 몇 번이나 설명해도 김영원은 억울하다고만 했다. 김영원은 사람 마음은 알다가도 모르겠다며 옥상 바닥을 굴러다녔다.

이토록 편안한 마음으로 김영원을 떠올린 건 오랜만이었다.

202X. 06. 15.

요새 계속 장마라 비가 왔는데 오늘은 유난히 더 많이 내렸다. 피곤해서 잠깐 엎드려 있으려던 게 일어나니까 다섯 시가 넘어 있었다. 교실이 어두워서 밤인 줄 알고 깜짝 놀랐다. 다 간 줄 알았는데 교실에 가방이 하나 남아 있었다. 쟨 뭐 한다고 여태 안 갔나 싶었다.

옥상에 간 건 충동적으로, 그냥 그러고 싶어서였다. 저번에 1반 애가 특별한 곳이 있다면서 알려 줘서 처음 올라가 봤는데, 걔는 자기가 데려와서는 높은 곳이 무섭다며 얼른 내려가자고 했다.

근데 기분이 이상했다. 울적해지기도 하고 뭔가 시원하기도 했다. 내려다봤더니 세상이 가깝기도, 또 멀게도 보였다. 내가 무서운 건 높이 때문이 아니다. 아래를 내려다보고 있으면 자꾸 뛰어내리고 싶어져서, 내가 뛰어내릴까 봐 무서웠다.

그래서 옥상에 가고 싶으면 애들이랑 같이 갔다. 혼자 있고 싶어서 거기까지 올라간 적도 있는데, 그럴 땐 문 앞에서만 서성거렸다. 오늘도 기분이 좀 그랬다. 비 올 때 옥상은 어떨지 궁금하기도 했다. 그런데 문을 열 용기 같은 건 없었다.

계단으로 올라갔는데 그 앞이 아주 난리였다. 문이 반쯤 열려 있는데 그 사이로 물이 엄청 많이 들어오고 있었다. 완전히 엉망이었다. 근데 진짜 무서운 건 따로 있었다. 웬 운동화 하나가 계단 밑에 굴러다니고 있었다.

와…… 그때는 진짜 누가 죽은 줄 알았다. 학교는 깜깜한데 비는 엄청 많이 오고, 계단에는 물이 막 흐르고. 눈앞에 운동화도 보이니까.

모른 척했다가는 잠도 안 올 것 같아서 문을 열었다. 그런데 난간 위에 웬 여자애 하나가 서 있었다. 머리도, 교복도 다 젖어서 웃고 있는데, 그 모습을 보고 있자니 나는 좀 울고 싶었다. 공포영화인 줄 알았다.

자세히 보니까 정유신이었다. 가까이 갔다가는 나 때문에 아래로 떨어질까 봐 무서웠다. 죽으려는 애는 자극하면 안 된다고 어디서 봤던 것도 같아서 엄청 조심스럽게 말을 걸었다. 별로 친하지도 않은 내가 도움이 될까 싶긴 했는데, 다행히 정유신이 난간에서 내려왔다. 그 후에 집까지 잘 간 것 같아서 다행이었다. 쟤도 어디에 말 못 할 힘든 일이 있는 걸까? 교실에서 볼 때는 별 문제 없는 것 같았는데.

걔는 옥상 문이 열려 있는 걸 어떻게 알았을까? 만약에, 진짜 설마 만약에, 내가 안 갔으면 정유신은 그대로 뛰어내렸을까? 그랬다면 너무 무서웠을 것 같다. 정유신이 안 죽었으면 좋겠다. 아직 중3밖에 안 됐는데. 분명 앞으로 좋은 일이 더 많을 거라고 말해 주고 싶다. 하지만 괜히 걔를 더 자극하는 걸까 봐 무섭다. 내일 학교는 나오겠지. 불안해서 잠도 안 온다.

"옷도 안 갈아입고 왜 그러고 있어?"
"아, 엄마."
엄마 목소리에 황급히 일기장을 덮었다. 집중한 탓인지 도어록 소리도 못 들었다. 나는 엄마가 눈치채지 못하게 일기장을 책상 밑에 밀어 넣었다.
"교복 다 젖었네. 집 앞에 못 보던 우산 있던데. 친구한테 빌린 거야? 우산 좀 들고 다니라니까. 어휴, 젖었으면 옷부터 빨리 갈아입어야지. 뭐 한다고 정신이 팔려서 그러고 있어?"
"잠깐 확인할 게 있어서. 지금 갈아입을게."
"우산은? 친구 거야? 친구는 어떻게 집에 갔는데?"
"근처라고 그냥 갔어."
"고마운 친구네. 고맙다고 꼭 하고. 우산은 내일 꼭 돌려주고."
"그거 나 쓰래."

"왜?"

나야말로 묻고 싶었다. 그건 김영원 건데. 김영원 허락도 없이 받아도 되는 건지. 김지원은 나한테 우산을 줄 때 무슨 생각을 했을까.

"몰라, 나도. 필요 없나 봐."

"그래도 돌려줘. 알겠지?"

"말 안 해도 그럴 생각이었거든."

우산은 한동안 현관 앞에 세워져 있었다. 비가 오는 날이면 나는 자연히 그 우산을 들고 나갔고, 다시 현관 앞에 우산을 놓고 말렸다. 우산이 마르기도 전에 또 비가 왔다. 우산을 들고 나갈 때마다 어깨가 무거웠다. 그러나 시간이 지나면서 그 무게가 마냥 버겁지만은 않았다. 금방이라도 빗소리에 흩어져 버릴 것 같은 나를 단단하게 지탱해 주었다.

비가 오는 날이면 내내 김영원을 생각했다. 나는 김영원이 옥상을 좋아한다고 생각했다. 내가 옥상에 갈 때마다 김영원이 있었으니까. 그동안 운이 좋아서 시간이 겹치지 않았던 거라고 생각했는데, 이제야 알았다. 김영원은 내가 죽을까 봐 걱정되어 왔다는 것을. 답답하다며 난간 앞까지 달려가서 소리치던 애가 옥상을 무서워했을 줄은 꿈에도 몰랐다.

그   여름에   말이야

처음에는 옥상 한구석을 차지하는 김영원이 반갑지 않았다. 아예 모르는 사이도 아니고 애매하게 아는 애여서 어색하고 불편했다. 그래서 옥상에 김영원이 있으면 문 앞에서 서성이는 날이 많아졌다.

문틈으로 김영원이 있는지 확인할 때였다.

"안 올라와?"

김영원은 내가 문 앞에서 서성이기만 해도 귀신처럼 알았다. 내가 김영원의 눈치를 보고 있다는 게 얼마나 창피하던지. 김영원이 나를 부를 때마다 몇 번이나 계단 아래로 도망쳤다.

도망칠수록 억울함만 커졌다. 쟤가 전세 낸 것도 아니고 왜 내가 눈치를 봐야 해? 어차피 옥상에 있다가 걸리면 둘 다 혼나는 건 똑같은데. 이런 생각이 들자 하루는 도망치지 않고 문을 활짝 열고 들어갔다.

"너일 줄 알았다. 왜 자꾸 도망가?"

"도망간 거 아닌데."

그 애 옆자리에 앉을 정도로 친하지는 않아서, 나는 문 앞에 앉았다. 김영원이 앞을 보며 말했다.

"오늘 날씨 진짜 좋다. 너도 그래서 온 거 아냐?"

김영원 말대로 날이 좋았다. 전날에 억수처럼 비가 쏟아져서 그런지 오랜만에 공기가 상쾌했다. 옥상에 앉아 바람을 마주하니 몸도 나른했다. 작게 노래를 흥얼거리는 김영원, 하얀 난간, 파란 하늘, 맑은 바람. 그 순간이 유난히 선명하게 기억에 남았다.

나와 김영원의 거리는 언제나 일정했다. 우리 사이에는 한 뼘 정도 되는 타일 네 개 반만큼의 거리가 있었다. 김영원은 옆에 오라고 하지도 않았고 내 쪽으로 가까이 오지도 않았다. 꼭 교실에 앉아 있는 것처럼 정해진 자리가 있었다. 그래서인지 안정감이 생겨 더는 옥상 문을 여는 게 망설여지지 않았다.

내가 보는 풍경은 언제나 같았다. 왼쪽에는 교복 밖으로 반소매 티셔츠가 삐져나온 김영원, 오른쪽에는 교장 선생님이 애지중지하는 버즘나무의 잎사귀 몇 개, 그 위로 끝없이 펼쳐진 하늘. 그 풍경을 보며 나는 가끔 숨을 크게 들이켜곤 했다. 타일 네 개 반은 그 소리가 들리지 않는 거리라서 좋았다.

다리를 쭉 뻗고 앉은 김영원이 편안해 보였다. 가늘게 흔들리는 머리카락을 보자 그 주위에만 바람이 부는 것 같았다. 가끔 김영원은 노래를 흥얼거리다가 가사가 기억나지 않으면 목덜미가 붉어졌다. 그 옆에서 나는 소리 없이 웃었다.

6월 모의고사가 끝난 후 학교는 조금 소란스러웠다. 3월에 봤던 시험은 중학생 때 배운 내용이 주를 이뤘으니, 제대로 친 건 이번이 처음이었다. 3월만 해도 등급 컷은 거들떠보지도 않던 애들이 '등급 컷이, 인강이, 표점이' 어쩌고 하면서 떠들어 댔다.

당장 대학을 가니 안 가니 결정 나는 것도 아닌데 유난을 떨었다. 선생님들은 이때다 싶어 분위기를 잡았다.

"정신 똑바로 차리고. 지금 시작해도 늦었어. 알지?"

세상에는 늦은 게 뭐가 그리 많은지. 재밌는 건 명절마다 내 나이를 물어보는 친척들은 지금은 뭐든 할 수 있는 나이라고 하면서도 자꾸 늦었다고 잔소리를 한다는 거다.

"나중에 뭐 하고 싶어? 학과는 정했어?"

"아직 잘 모르겠어요."

"그런 건 빨리 정해야지. 요새는 어, 중학생 때부터 정한다던데."

나중에 가서 생각하면 늦는다고, 일찍 일어나는 새가 벌레를 잡는 만큼 일찍 결정해야 다른 애들보다 앞서 나갈 수 있다고 했다.

"글 잘 쓴다면서? 막 상도 많이 받고 그랬잖아."

"요즘에 글 써서 어떻게 먹고살아요. 그런 건 취미로 하고. 삼촌 말 알지?"

"그래, 아직 어리니까 괜찮아. 힘내고."

대답하기 불편해서 나는 대충 웃어 버렸다. 화가 잘 안 나는 편이라고 생각했는데, 바보처럼 웃고 있을 때면 울컥했다. 왜 내가 학과 정하는 데 힘을 내야 하는 건지. 요즘 같은 세상에 도대체 누가 꿈 같은 걸로 먹고산다고 그러는 걸까.

엄마한테 이 상황에 대해 토로했을 때, 엄마는 이런 게 사회라고 했다. 틀린 말이 하나도 없다는 그 말이 나에게는 틀린 말이었다. 그걸 부정하려 애쓰는 것도 지쳤다.

그럴 때면 대필을 했다. 잡념이 사라지지 않을 때 사흘 밤을 새워 글을 썼다. 그런 나를 보고 김영원은 일중독이라며 식겁했다. 일을 쉴 새 없이 하다가 눈이 아파지면 도서관에 갔다. 내가 쓸 수 없는 것들은 나에게 위안이 되어 주었다.

교탁에서 선생님이 열변을 토하자, 애들은 그 말이 자신의 인생을 구제할 수 있는 유일한 동아줄인 것처럼 경청했다.

"중요한 것만 기억해. 이제 시작이잖아. 아직 기회는 있어. 힘내자."

선생님이 교실을 나가자마자 욕설이 쏟아졌다. 다들 분노를 숨기지 못하면서도 표정은 영 침울했다.

"뭐 먹고사냐."

누군가 그렇게 말했다. 그 말만큼은 시끄러운 교실에

서도 또렷하게 들려왔다. 답을 아는 사람이 교실에 있기나 할까? 교실을 둘러보다 김지원과 눈이 마주쳤다. 김지원은 이어폰을 낀 채 문제집을 풀고 있었다. 매일같이 문제집만 들여다보고 있는 쟤라면 답을 알지도 몰랐다. 문득 김영원이 생각났다. 솔직히 지금은 답을 아는 것보다 같이 욕하고 소리 지르면서 아무렇지 않게 이야기할 사람이 필요했다.

비가 온 그날부터 김영원의 일기장은 쭉 내 가방에 있다. 어쩐지 엄마가 일기장의 정체를 궁금해 하는 것 같았기 때문이다. 김지원은 여전히 자리에 앉아 문제집을 풀고 있었다. 나는 일기장을 들고 자리에서 벌떡 일어섰다.

"어디 가?"

옆자리에서 짝이 말을 걸어왔다.

"도서관. 반납할 책이 있어서."

순간 도둑질이라도 한 듯 심장이 뛰었다. 도서관은 2층 맨 끝에 있는데, 도서부가 아니면 애들이 거의 찾지 않았다. 나는 비가 오는 날이나 과학실에 선생님이 계시면 으레 도서관으로 향했다.

도서관 앞에 이르렀을 때, 나는 손잡이를 잡고 문을 힘껏 밀었다. 아무도 오지 않았는지 손잡이가 차가웠다. 자리를 지키는 도서부원이나 사서 선생님도 보이지 않았다. 반납할 책들을 선반에 올려놓고 안쪽으로 들어갔다. 누가 오기 전에 일기장을 읽고 싶었다. 가장 인기 없는 사전류 앞에 자리를 잡고 앉았다.

일기장에 적힌 김영원의 이름을 손으로 쓸어내렸다. 행여나 이름이 닳을까 조심스럽게. 그러곤 첫 장을 천천히 넘겼다.

202X. 06. 27.

아빠가 술만 먹으면 하는 말이 있다. 자기는 이십 대로 돌아가면 그렇게 열심히 못 살 것 같다고. 그때의 자기가 일군 게 너무나 자랑스럽다고.

아빠는 전형적인 자수성가 스타일이다. 반지하에 살면서 고등학교를 간신히 졸업했다. 낮에는 일하며 돈을 모으고, 밤에는 공부해서 대학에 들어갔다. 대학에 가서도 돈을 악착같이 모았고 그걸로 사업을 하나 시작했다.

동기들과 투자자를 모아 시작한 사업은 대박이 났다. 엄마를 만난 건 아빠가 사업가로 나름 돈을 벌고 나서였다. 100평 넘는 땅을 가진, 부유한 집 딸이었던 엄마는 어릴 적부터 고생 한번 해 본 적 없었다.

아빠는 자기가 일하는 이유가 형과 나를 위해서라고 했다. 우리가 아빠처럼 성공하면 좋겠지만 고생하는 건 원치 않아서. 엄마는 우리가 행복하기만 하면 된다고 했다. 그런 면에서 엄마 아빠는 진짜 좋은 부모다. 분명 형도 그렇게 생각할 거다.

엄마 아빠는 우리에게 항상 잘해 주려고 한다. 소리도 안 지르고 조곤조곤하게 말로 타이른다. 내가 한 번도 맞아 본 적이 없다고 했더니 다른 애들이 깜짝 놀랐다. 말 좀 안 들으면 빗자루나 구둣솔, 골프채로 맞는 게 보통이라고 했다. 어떤 애는 화분에 맞아서 머리가 찢어졌다며 보여 주기까지 했다. 진짜 놀랐지만 아무런 내색도 하지 않았다. 그때 처음 알았다. 우리 집이 다른 집과 다르다는 것을.

애들은 내가 안 맞으니까 부럽다고 했다. 애들한테 말은 못 했지만, 대신 난 벌을 선다. 훈육의 본질은 잘못을 스스로 인정하도록 만드는 건데 아이를 무작정 패기만 하는 건 화풀이에 불과하다고, 아빠는 맨날 말한다. 그래서 내가 뭘 잘못하기라도 하면 사과할 때까지 가만히 서 있어야 했다. 서 있는 동안에는 화장실도 못 가고 밥도 못 먹는다.

저번에는 내가 잘못하지도 않은 일로 꾸지람을 듣는 게 억울해서 아무 말도 안 했다가, 여섯 시간 넘게 서 있었다. 형한테 도와 달라고 했지만 형은 쓸데없이 깝죽대지 말고 빌기나 하라고 했다. 나쁜 놈. 벌을 서 본 적도 없는 주제에.

너무 오래 서 있으면 발목이 아프다는 걸 처음 알았다. 다리도 저리고 발목도 아프고 몸도 뻐근하다. 그런데 벌을 설 때 몸을 움직이면 집중을 안 한다고 혼난다. 솔직히 그냥 몇 대 맞고 끝내고 싶다. 아파 봤자 얼마나 아프다고.

잘못했다고 말하는 건 너무 창피하다. 나도 자존심이 있는데. 엄마 아빠를 좋아하긴 하지만 이런 순간엔 짜증이 난다. 내 생각 같은 건 중요하지도 않고 그냥 잘못했다고 말했으면 하는 게 눈에 뻔히 보인다. 애들이 모이기만 하면 왜 그렇게 엄마 아빠 욕만 하는지 알 것 같다.

그래도 매일 그러는 건 아니다. 엄마 아빠는 내가 공부를 못해도 화내지도 않고 노력하면 할 수 있다고 말해 준다. 그건 좀 좋다. 엄마 아빠가 나한테 잘해 주니까 나도 뭔가 해 주고 싶다. 근데 난 해 줄 수 있는 게 아무것도 없다.

나는 공부도 못하는데 하고 싶은 것도 없다. 그래서 성격이라도 좋은 척한다. 형은 좀 까칠하고 예민하니까. 난 딱히 싫은 것도 없으니까 괜찮다. 내가 막 웃거나 장난치면 엄마 아빠도 좋아하는데, 그럴 때마다 기분이 좋다.

김지원 나쁜 새끼. 동생 도와주는 게 뭐가 그렇게 힘들다고.
"만나면 내가 한 대 때려 줄까?"
그렇게 물으면 김영원은 분명 이렇게 말하겠지.
"야, 그래도 너무 그러지 마, 좋은 점도 많아" 하고.

202X. 07. 01.
진짜 서러운 날이다. 엄마는 이게 내 진짜 실력이 아닌 걸 안다면서 다음에 잘하면 된다고 하는데, 와…… 그냥 공부 때려치우고 싶다는 말이 목구멍까지 올라왔다. 난 죽을 때까지 엄마 아빠를 만족시킬 자신이 없다. 나도 형처럼 공부를 잘하면 좋을 텐데. 아니면 운동이라도 선수가 될 만큼 잘하든가.

아빠는 노력해 보지도 않고 포기하는 사람을 한심하다고 생각한다. 노력해서 안 되는 건 없다면서. 내가 아무 결과를 못 내는 건 아직 제대로 노력해 본 적이 없기 때문이라고 했다. 엄마도 마찬가지다. 그러니까 내가 지금 공부를 그만두면, 엄마 아빠는 나를 한심하고 꿈도 미래도 없는 인간이라고 생각할 거다. 그건 싫은데.

그래도 오늘은 혼자가 아니라서 다행이었다. 우는 걸 애들한테 들키면 창피하니까 옥상에 갔다. 맨날 가다 보니 이제는 덜 무섭기도 했고.

물론 정유신한테 들켰을 때는 죽고 싶을 만큼 창피했다. 위로받고 싶다는 생각은 없었는데 음료를 들고 온 정유신을 보니까 눈물이 더 났다. 나랑 별로 친하지도 않은데 이렇게까지 해 주는 걸 보면 정유신은 진짜 착하다. 이제는 죽고 싶어 하는 것 같지 않아서 다행이었다.

음료수는 나중에 먹으려고 냉장고에 넣어 놨는데 씻는 사이에 형이 먹어 버렸다. 형한테 화를 냈더니 그까짓 거 얼마나 하냐며 적반하장으로 나왔다. 진짜 한 대만 패고 싶다. 그게 어떤 건지도 모르면서.

옥상에서 몰래 울고 있던 김영원과 우연히 마주친 적이 있었다. 지금 생각해 보면 그게 김영원과 친해진 계기였다.

"너 진짜 자주 온다?"

그 여름에 말이야

내가 옥상에 갔을 때, 김영원은 난간에 기대서 있다가 문이 열려서 놀랐는지 반사적으로 뒤돌아봤다. 내가 오는 걸 알아차리지 못한 게 평소 같지 않았다. 눈이 마주쳤는데도 김영원은 못 본 척 고개를 돌렸다. 얼굴 주변에서 손을 분주하게 움직이는 게 영 수상했다.

"설마 지금 울어?"

찰나였지만 눈 주변이 빨갰다. 도대체 무슨 일이 있었길래 옥상에서 혼자 울고 있었던 걸까. 우는 게 창피해서 옥상까지 온 건가. 나랑 다르게 친구도 많은 애가 왜 굳이……. 한 발, 두 발, 더 다가가려다가 말았다.

친한 것도 아닌데 위로해 주는 것도 웃겼다. 다시 두 발 뒤로 물러났다. 그리고 한 발 더 뒤로 가자 문에 부딪히고 말았다. 캉. 날카로운 쇳소리가 들렸다. 김영원은 아무 말이 없었다. 역시 울 때 말 걸면 창피하겠지. 잎사귀가 모조리 떨어질 것처럼 바람이 강하게 불어오던 그때, 코를 훌쩍이는 소리가 들렸다.

김영원은 무슨 일이 있어도 울지 않을 것 같았다. 어떤 상황에서든 씩씩하게 웃어 버리니까, 우는 모습은 도저히 상상할 수 없었다.

김영원은 계속 손으로 얼굴을 문질러 댔다. 저렇게 울면 눈이 부을 텐데. 마침 미술실 맞은편에 있던 자판기가 생각났다. 이건 진짜 오지랖인데. 정말 오지랖인데. 부기가 가라앉으면 운 걸 숨길 수 있을 거다. 김영원도 나한테 손을 내밀어 주는 오지랖을 부렸으니까, 이건 그걸 갚는 것뿐이다.

"야, 어디 가지 말고 딱 그러고 있어."

미술실은 본관 5층에 있었다. 아무도 시키지 않는데 신관을 넘어 본관까지 힘껏 달렸다. 행여나 김영원이 가 버릴까 봐. 자판기 앞에 도착했을 때는 심장이 터지는 줄 알았다. 운동 같은 건 딱 질색이었다. 숨을 헐떡이며 돈을 넣고 음료 버튼을 눌렀다. 그런데 음료가 나오지 않았다.

주위에 아무도 없는 걸 확인하고 자판기를 발로 세게 찼다. 우당탕 소리가 나더니 음료 하나가 툭 떨어졌다. 이천 원을 넣었는데 음료 하나라니. 두 번을 더 찼는데도 안 나와서 포기하기로 했다. 음료를 손에 쥐고 또 뛰었다. 나중에 보니 손이 빨갛게 변해 있었다.

옥상으로 돌아왔을 때는 아무도 없었다.

"아, 진짜. 가지 말라니까!"

그 여름에 말이야

아까까지 김영원이 서 있던 난간이 텅 비어 있었다. 온몸에 힘이 쫙 빠지는 기분이었다.

"안 갔거든?"

"깜짝이야! 왜 여깄어?"

"뭐야. 그거 나 주려고 사 온 거야?"

김영원은 문 옆에 쭈그려 앉아 있었다. 무릎에 얼굴을 파묻고 눈만 살짝 내민 채 나를 올려다봤다. 김영원의 눈 주변이 여전히 빨갰다. 안 운 척하기는. 관자놀이 옆으로 땀인지 눈물인지 모를 물방울이 흐르는 게 보였다. 나는 대답 없이 김영원에게 음료를 건넸다. 왠지 모르게 창피했다.

김영원은 킥킥대면서 음료를 받아 들었다. 조금 전까지 울던 애라고는 믿기지 않을 정도로 밝은 웃음이었다. 김영원은 회복도 참 빨랐다. 이번에는 내가 난간으로 향했다. 어색한 분위기를 견딜 수가 없었다. 아까보다 바람이 잔잔했다.

"그렇게 안 봤는데 너 진짜 다정하다."

"잘해 줘도 난리야."

"왜 울었는지 안 물어봐?"

"안 친한데 왜 물어봐."

"정유신 진짜 웃기다. 아, 시원해서 기분 좋다."

대답할수록 더 민망해져서 입을 다물었다. 그러자 김영원의 웃음소리가 잦아들었다. 김영원이랑 같이 있으면 나까지 유치해졌다. 땀만 식으면 가야지. 이제 여기는 더 이상 은신처가 되지 못했다. 다른 곳을 찾아야 했다. 아무도 오지 않을 곳으로.

"나 사실 공부 진짜 못해."

뒤쪽에서 가라앉은 목소리가 들렸다.

"학원에 처음 들어가서 레벨 테스트하는데, 옆에 있던 애 답지가 보이더라. 그래서 그거 보고 베껴서 냈단 말이야. 근데 걔가 공부 잘하는 애였나 봐. 제일 잘하는 반에 배정받은 거야. 사실대로 얘기하고 반을 바꿔야 하나 고민하는데, 엄마가 너무 좋아하는 거 있지? 우리 아들이 당연히 잘할 줄 알았다고, 하면 되는데 여태 안 한 거였다면서. 믿고 있었다고 말하는데, 와…… 진짜 뭐라고 해야 할지 모르겠더라."

나랑 친하지도 않은데 이런 얘기를 왜 하는 건지 알 수 없었다. 자기 얘기를 잘하고 다니는 성격은 아닌 것 같았는데.

"어제 새로 테스트를 봤어. 당연히 완전 망했지. 그래서 방금 엄마한테 전화 왔거든. 다음에 잘하면 된대. 괜찮대. 근데 웃긴 건 뭔 줄 알아? 난 다음에도 절대 그렇게 못 칠걸. 이번에 친 게 진짜 내 실력인데……."

"또 우는 거 아니지?"

"안 울어! 아까도 눈물만 좀 난 거야."

"그게 운 거거든."

김영원에겐 은근히 어린애 같은 면이 있었다. 어이가 없어서 웃음이 나왔다. 뒤를 돌아보았는데 김영원의 동그란 뒤통수가 보였다. 설마 또 우는 건가. 뭐라도 해야 할 것 같아서 김영원을 향해 걸어갔다. 잠깐 머뭇거리다가 김영원 옆에 앉았다. 다리가 맨바닥에 닿자 서늘함이 몰려왔다.

"다음에도 못 칠 수 있지. 공부 말고도 너 잘하는 거 많잖아. 농구도 있고."

"엄마 아빠가 실망하는 게 싫어서. 나한테 기대하는 게 많거든."

김영원은 여전히 고개를 처박고 있었다. 다른 애들은

위로할 때 안아 주거나 등을 토닥이던데. 둘 다 나에겐 너무 낯간지러웠다.

김영원의 동그란 뒤통수에 자꾸 시선이 갔다. 나는 그 애의 정수리부터 목덜미 앞까지 천천히 쓰다듬었다. 가만히 있는 김영원이 꼭 웅크린 강아지 같았다. 시릴 듯 차가웠던 손이 김영원의 체온 덕에 금세 미지근해졌다.

"마주치면 아는 척 좀 해 주지?"

김영원이 기지개를 켜면서 말했다. 눈을 보니 아까보다 붓기가 많이 가라앉은 듯했다. 이제는 김영원과 옥상에 같이 있는 게 익숙했다. 하지만 복도나 교실에서 김영원이 인사하면 소스라치게 놀라 도망갔다. 인사는 원래 친한 애들끼리 하는 거 아닌가. 애매하게 친한 애들을 복도에서 마주칠 때만큼 곤란한 게 없었다.

"안 친하잖아."

"진짜 각박하다. 아, 그리고 오늘……."

"뭐."

"고마웠다고. 같이 있어 줘서. 나 간다!"

옥상 문이 큰 소리를 내며 닫혔다. 김영원이 이제 안 울 것 같아 다행이었다. 혼자 있는 옥상이 어쩐지 고요하게 느껴졌다. 나도 옥상을 빠져나왔다. 김영원이랑 친하지는 않지만 같이 있는 건 편안했다. 이러다 정말 이상한 습관이 들 것 같았다.

◉

"아, 진짜. 창피한 거 맞았네."

일기장을 내려놓고 혼자 깔깔댔다. 옥상이 무서우면서도 창피해서 옥상까지 온 게 김영원다웠다. 하여튼 남 앞에서 솔직해지는 건 정말 싫어하는 애다.

내가 딱히 착해서 김영원한테 음료를 가져다준 건 아니었다. 나 역시 눈물이 날 때 누군가 알아차려 주길 바랐으니까. 혼자 있고 싶을 때 옥상에 가는 주제에, 내가 혼자라는 걸 누군가 알아주길 바랐다. 모순된 감정이었다.

그 뒤로 복도에서 김영원을 마주치면 인사를 했다. 정확히는 내가 피할 수 없도록 김영원이 달려들었다.

"정유신 안녕!"

복도에서도, 급식실에서도, 계단에서도 김영원은 내 이름을 소리치듯 부르며 인사했다. 애들이랑 얘기하다가도 굳이 날 불러 세웠다. 장난기 어린 그 애 얼굴을 보면 마음 같아서는 무시하고 싶었다. 그래도 사회생활을 하려면 어쩔 수 없었다. 어디든 보는 눈이 너무 많았다.

"안녕."

손이라도 흔들어 줘야 김영원은 만족스러운 듯 그제야 지나갔다.

김영원은 언제 어디서든 튀어나와서 내 이름을 불렀고 나도 그 의미 없는 부름에 익숙해졌을 때였다. 김영원의 일곱 번째인지 여덟 번째인지 모를 여자 친구가 나에게 찾아와서 음침하게 집적거리는 걸 그만두라고 했다. 처음 보는 애가 대뜸 그런 말을 하니 난감했다. 물론 그 말을 따로 불러내서 했다는 건 고마웠다. 혹시 김영원과 내가 그런 관계인 것처럼 소문이 나면 골치 아플 게 뻔하니까.

그 애는 당장이라도 내 머리채를 잡을 기세였다. 이럴 때는 수그리고 들어가는 게 최고다. 앞으로는 아는 척 안 하고 지내겠다고, 기분 상하게 해서 미안하다고 했다. 최대한 당황한 것처럼. 자잘한 소문은 한 번 생기면 쉽게 사그라지지 않았다. 소문을 기억하는 애들이 있는 한 오랫동안 돌고 돌았다.

김영원에게는 옥상에서 따로 설명했다. 네 여자 친구가 불편해 하니까 아는 척하지 말라고. 이 말을 하면서도 낯부끄러웠다. 대사만 보면 삼류 로맨스 드라마가 따로 없었다.

"그럼 이제 아는 척하지 말라고? 난 아쉬운데."

"쓸데없는 소문 도는 거 싫으니까, 하지 마."

농담이 아니라는 걸 알리려고 일부러 목소리를 깔았다. 김영원은 구시렁댔지만, 그 후로 예전처럼 인사하지 않았다. 전과 달라진 태도에 같이 다니던 애들은 김영원과 싸웠냐고 물었다.

"원래도 별로 안 친했어."

틀린 말은 아니었다. 애들은 고개를 끄덕였다.

나를 찾아왔던 그 애는 김영원과 여름이 끝나기 전에 헤어졌다. 그게 내가 아는 김영원의 마지막 연애였.

그 뒤로도 김영원이 나에게 인사하는 일은 없었다. 대신 나와 눈만 마주치면 웃었다. 멀리서 걸어오다가도 나를 발견하면 갑자기 웃기 시작했다. 말 한마디 하지 않아도 지금 나를 보고 있다는 걸 알 수 있었다. 웃음은 거리에 상관없이 전염돼서 나도 김영원을 보고 한참 웃었다.

김영원과 내가 매일 옥상에서 만났다는 건 아무도 몰랐다. 방학 내내 만난 것도, 어디론가 놀러 가자고 약속했다는 것도. 그래서 내가 김영원의 장례식장에 가지 않아도 아무도 이상하게 생각하지 않았다.

어제 애들이랑 무슨 얘기를 했는지는 하나도 기억나지 않는데 일 년 전에 했던 김영원과의 대화는 선명하게 기억났다. 그런 건 의식하지 않아도 기억할 수밖에 없었다. 일기장을 덮고 눈을 지그시 감았다.

"여기서 뭐 해?"

김영원보다 세 음 정도 높은 목소리. 곧이어 마룻바닥이 삐걱거렸다. 발걸음 소리가 점점 가까워지더니 내 앞에서 멈췄다. 눈을 뜨니 김지원이 날 내려다보고 있었다.

"일기 보고 있었어."

"진도는 잘 나가고?"

"그다지."

무슨 용건이 있는지 김지원이 내 옆에 앉았다. 김영원이 도와 달라 할 때는 도와주지도 않았으면서. 태연한 김지원을 보고 있으니 짜증이 났다. 주먹에 힘을 실어 김지원의 왼팔을 쳤다. 내가 옆에 있었으면 한 대 때려 줄 거라고 했잖아.

"아 씨! 왜 이래? 미쳤어?"

"왜 지금 와? 안 그래도 너 때문에 열받았는데."

"어디 읽었는지 짐작도 안 되네. 내 욕을 하도 많이 써 놔서."

김지원이 바람 빠진 풍선처럼 실실 웃었다. 그러곤 맞은 데가 아팠는지 팔을 계속 주물렀다. 나는 그걸 보면서도 미안하다는 마음이 조금도 들지 않았다.

"부모님 얘기는 나왔어? 아니지, 안 나왔을 수가 없지. 내 얘기랑 항상 같이 나왔으니까. 원래 그런 사람들이야. 그래서 걔도 나도 이상하다고 생각도 못 했고. 우리한텐 그게 당연했으니까."

"너도 똑같아."

그리고 나도. 다 똑같이 김영원을 방관한 사람들이었다. 너는 참 좋은 사람이었는데, 왜 네 주위에는 나 같은 사람들밖에 없었던 걸까. 내가 감히 김영원을 궁금해 했다는 사실이 역겨웠다. 일기장을 챙겨 들고 자리에서 일어났다.

"말이 너무 심하네. 그 사람들이랑 나랑 똑같다니. 야!

어디 가?"

"알아서 뭐 하게."

김지원과 얼굴을 맞대고 싶지 않았다. '문학'이라고 적힌 표지판 쪽으로 향했다. 학교에서는 대필할 수 없으니 책이라도 읽고 싶었다. 그런데 할 말이 있는지 김지원은 내 뒤를 졸졸 따라왔다.

"책 좋아해?"

"있으니까 읽는 거지."

810번대 책장에는 책이 빈틈 없이 꽉 차 있었다. 자리를 잡지 못한 책들은 책 위에 쌓여 있기도 했다. 세상에는 이렇게도 많은 이야기가 있는데, 나는 이야기하는 게 어려웠다. 책 몇 권을 꺼내고 넣기를 반복했다. 수업 종이 울리자 나는 손에 들려 있던 책을 내려놓았다. 책은 금세 제자리를 찾아갔다.

그 말이 듣고 싶었어

202X. 07. 08.

 오늘의 발견. 정유신은 글을 잘 쓴다. 그것도 엄청. 난 일기도 귀찮아서 잘 안 쓰는데. 정유신이 쓴 걸 봤는데 진짜 진짜 잘 쓴다. 나도 진짜, 존나, 대박, 엄청 같은 거 말고 다른 표현이 쓰고 싶은데 내 머리로는 이게 한계다.

 정유신한테는 진짜 미안하지만, 나는 걔가 나랑 비슷한 부류라고 생각했다. 딱히 뭘 하고 싶어 하지도 않고 특별히 관심 있는 것도 없는. 같이 다니는 이수아는 엄청 시끄러운데 정유신은 말도 그렇게 많이 안 한다.

 그래서 신경이 쓰였다. 근데 글을 잘 쓴다니 배신감이 들었다.

엄청나게 부럽다. 내가 저렇게 글을 잘 쓰면 작가를 할 텐데 정유신은 별 관심이 없어 보였다. 정유신이 진짜 멋진 이유는 글을 써서 돈을 벌고 있다는 거다. 솔직히 진짜 진짜 멋지다.

정유신은 대필을 한다고 했다. 대필은 잘못된 거지만 글을 판다고 하니 조선시대 때 비운의 운명을 타고난 달필가 같았다. 왜 대필을 하냐고 물어봤더니 시간이 잘 가서 한다고 했다. 무슨 말인지는 잘 모르겠다. 정유신은 하고 싶은 말만 하고 입을 다물어서 도통 무슨 생각을 하는지 알기 어렵다. 그게 무지 신기하다. 난 한번 말하기 시작하면 다 말하게 되던데.

어쨌든 재밌는 건, 글 얘기를 할 때면 정유신에게 묘한 활기가 돈다는 거다. 아마 정유신은 모를 거다. 목소리도 좀 빨라지고 신나 보인다. 좋아하는 일을 잘한다는 건 정말 엄청난 기적이다. 나도 잘하는 게 하나라도 있다면 이런 기분을 안 느낄 텐데. 진짜 부럽다.

평소에 텅 비어 있던 도서관 게시판에 커다란 종이 몇 장이 붙어 있었다. 그 앞에 멈춰 있던 애들은 금방 걸음을 옮겼다. 궁금증에 게시판 쪽으로 성큼 다가갔다. 종이 맨 위에는 두꺼운 글씨로 안내문이 적혀 있었다.

지난 독서 대회에서 수상한 친구들의 작품입니다. 좋은 내용이 많아 다른 친구들과 공유하면 좋을 것 같아 허락을 받고 공유합니다.

4월 초에 했던 독서 대회는 전교생이 필수로 참여해야 했다. 그래도 청소년 추천 도서로 지정된 목록 중 한 권을 골라서 글을 쓰거나 그림을 그리는 거라 그렇게 어렵지는 않았다.

제일 많이 들어오는 대필 의뢰가 독후감이었기에, 독후감에는 일가견이 있었다. 그래서 솔직히 자신 있었다. 우수상 아니면 장려상이라도 받지 않을까 싶었는데, 딱 우수상을 받았다. 내심 최우수상을 기대해서 그런지 우수상에서 내 이름이 불리자 좀 아쉬웠다.

게시판에는 오른쪽부터 장려상, 우수상 그리고 최우수상 순으로 작품이 전시되어 있었다. 나는 어떤 글이 최우수상을 받았는지 궁금했다. 나 같은 가짜 말고 진짜는 뭐라고 썼는지. 상단에 제목이 크게 적혀 있었다.

〈정의는 정의롭지 않다〉

익숙한 제목이었다. 설마 하는 마음에 빠르게 글을 읽어 나갔다. 부당한 현실에서 사회적인 부정의를 선택할 수밖에 없었던 주인공의 이야기. 올해 초에 내가 쓴 글이었다. 최우수상을 받은 애는 전교권으로 학교에서 밀어주는 애였다. 나도 모르게 웃음이 터져 나왔다. 너도 가짜구나.

오랜만에 만난 까다로운 의뢰인이었다. 바라는 것도, 불만도 많았다. 글이 마음에 안 들지만 그냥 넘어가겠다는 태도가 거슬렸다. 문장이 뻔하다, 이런 글은 나도 쓰겠다면서 비아냥대더니 내 글을 내고 상을 받았다는 게 우스웠다.

내가 쓴 글을 마주할 일은 가끔 있었다. 제목 옆이나 글 마지막 부분에 내 이름이 아닌 다른 사람의 이름이 적혀 있는 걸 보면 기분이 묘했다. 마음 한구석에서 내 글이라는 생각이 있는지 대필한 글이 칭찬이라도 받으면 뿌듯했다.

글을 쓰고 나면 내 것이 아니었다. 떨어진 살점에 아픔이 느껴지지 않는 것처럼, 다 쓴 글은 나에게서 떨어져 나갔다. 그런데도 그 살점의 주인이 나라고 말하지 못하는 건 생각보다 더 씁쓸했다. 돈을 주고 팔아 버렸는데도 염치없이 그랬다.

대필을 계속하는 데 특별한 이유가 있는 건 아니었다. 글을 쓰면 시간이 잘 갔다. 혼자 있어도 혼자 있는 것 같지 않았다. 대필할 내용을 확인하고, 자료를 준비하고, 초고를 쓰면 하루가 금방 갔다. 나는 돈을 받고 일을 했는데 사람들은 고맙다고 했다. 마음에 든다는 말 한마디를 들으면 기분이 좋았다. 내가 누군가를 기쁘게 만들 수 있는 사람이구나 싶어서.

돈은 내 가치를 증명해 줬다. 대필로 받은 돈은 나에게 액수보다 더 큰 의미가 있었다. 사람들은 내게 대필을 의뢰했고, 승낙하면 입금을 했다. 날 필요로 하는 사람이 있다는 건 내 자리가 있는 것과 같았다. 내가 있을 자리를 내 손으로 없애고 싶지 않았다. 그러니 대필을 그만둘 이유는 없었다.

내가 대필한다는 건 비밀이었다. 누구에게 말하든 좋은 소리를 못 들을 게 뻔했으니까. 단, 김영원은 알고 있었다. 김영원에게만 알려 줘야겠다고 생각한 건 아니다. 그저 우연이었다.

◉

"뭐 해?"

처음으로 김영원이 나보다 늦게 옥상에 온 날이었다. 안 오는 줄 알고 노트에 글을 끄적이고 있었는데, 뒤에서 튀어나온 목소리에 너무 놀라 노트를 덮어 버렸다.

그때 의뢰받은 건 편지였다. 짝사랑 상대에게 고백하고 싶다는 의뢰인을 대신해 아주 절절한 사랑 고백을 써야 했다. 솔직히 자기 마음 하나 제대로 전달하지 못해서 대필을 맡기는 사람이 잘될까 싶긴 했지만, 남의 마음을 전달하는 일이니 최선을 다했다. 다만 '널 처음 만난 순간부터'라는 뻔한 문장으로 시작해 달라는 통에 애를 먹고 있었다.

김영원은 이미 노트 내용을 다 본 것 같았다. 누구에게 쓰고 있었냐며 장난스럽게 웃는 게 영 짜증이 났다.

"이거 내 거 아니야."

"아니, 뭐 정유신이 누구한테 관심 있나 싶어서. 나도 아는 애야?"

"아무도 안 좋아한다고! 내 거 아니라니까?"

다 이해한다는 듯 웃는 김영원 때문에 약이 올랐다. 내가 소리를 지를수록 누군가를 좋아하는 것처럼 보일 거라는 게 싫었다. 누군가를 좋아해 본 적도 없는데 말이다.

사람을 좋아하게 되면 좋아하는 만큼 상처를 받는다. 그래서 눈길이 가는 애가 있으면 일부러 거리를 뒀고 자꾸 떠오르는 애가 있으면 굳이 단점을 떠올렸다. 누구라도 좋아하고 싶지 않았다. 사람 때문에 외로워지는 게 무서웠다.

결국 난 대필에 대해 전부 털어놨다. 김영원한테 오해받는 것보다는 그게 나을 것 같았다. 여태까지 있었던 일을 하나씩 차근차근 정리하면서 말을 이어 나갔다. 2학년 때 백일장에서 수상한 글이 우연히 인터넷상에서 유명해졌고, 내 신상이 공개된 적도 없는데 어떻게 알았는지 메일로 문의가 들어오면서 대필하게 됐다고 말이다.

첫 대필 의뢰는 청소년을 위한 행사 축사 글이었다. 내용 자체는 그렇게 어렵지 않았고 금액도 괜찮았다. 글 쓰는 거야 어릴 때부터 자신 있었고 누군가가 나에게 부탁을 한다는 것도 신기해서 깊게 생각하지 않고 수락했다.

"그 뒤로 다른 곳에서도 몇 군데 의뢰가 들어왔고. 용돈벌이로 그냥 하는 거야."

"네가 쓴 글 좀 보여 주면 안 돼?"

나름 처음으로 털어놓은 건데, 김영원은 대필에 대해선 관심이 없었다. 어차피 다 들킨 마당에 뭐가 중요한가 싶어서 인터넷에 올라왔던 글을 찾아 보여 줬다.

누군가 내 글을 눈앞에서 읽는 건 처음이라 나도 모르게 김영원의 표정을 살폈다. 평소보다 훨씬 가까운 거리였다. 침 삼키는 소리도, 크게 내쉬는 숨소리도 다 들릴 정도로. 바람도 불지 않아서 등 뒤에 땀이 맺히기 시작했다. 그 순간 혹시 땀 냄새라도 날까 봐 걱정됐다.

"나 원래 글 진짜 안 읽거든."

"그럴 것 같아."

"아 진짜, 내 말 좀 들어 봐."

"알겠어. 말해 봐."

"근데 네 글은 엄청 재밌다. 또 읽고 싶은데? 더 없어?"

기분이 들떴다. 입꼬리가 자꾸 올라가고 웃음이 피식피식 나왔다. 더 보여 주면 안 된다 싶으면서도 내가 쓴 글을 김영원에게 전부 보여 줬다. 김영원은 내 글을 읽고 또 읽었다.

나는 눈을 감고 벽에 등을 기댔다. 등에 맞닿은 벽이 차갑게 느껴졌지만 아무래도 좋았다. 김영원을 기다리는 건 하나도 지루하지 않았다. 이게 내 글이라는 걸 알아봐 주는 사람이 있어서. 잘 썼다고 칭찬해 주는 사람이 있어서.

"다 쓰면 또 보여 줘."

김영원은 감상평을 남기지도, 부족한 점을 집어 주지도 않았다. 내 글을 보고 재밌다는 말만 했다. 그런데도 자꾸 글을 보여 주고 싶었다. 사실 다른 어떤 말보다 재밌다는 말을 듣고 싶었던 걸지도 모르겠다.

글을 읽을 때 김영원은 평소와 달랐다. 반에서 애들이랑 떠들 때나 땡볕 아래에서 농구할 때의 모습이 아니었다. 반짝거리는 눈동자가 꼭 별사탕 같았다. 휴대폰에 글을 띄우고 건네주면 김영원은 선물이라도 받은 것처럼 기뻐했다. 그러고는 화면에서 눈을 떼지 못했다. 김영원이 가만히 앉아 무언가에 열중하는 모습을 보는 건 처음이었다. 그리고 그 모습을 옆에서 지켜보는 것이 나쁘지 않았.

"너 교지편집부 안 할래?"

"웬 교지?"

"내 친구가 거기 부장인데 인원이 부족하대. 나보고 글 잘 쓰는 애 없냐고 물어봤는데 딱 네가 생각나는 거야. 어때. 솔깃하지?"

"안 해. 시간 없어."

"우리 다 돕고 사는 처지에 각박하게 굴지 말자. 네가 쓴 글을 다들 읽으면 얼마나 좋겠어?"

"우리 학교에서 교지 읽는 애들 없잖아."

"아, 정유신. 너 아니면 누가 써?"

"지금 다른 의뢰 들어왔어. 금액이 꽤 쏠쏠해. 봐 봐."

"……저 아이스크림 하나만 사 주세요, 누나."

"알겠으니까 그건 거절해."

하여튼 김영원은 사람 띄우는 데 재주가 있었다. 교지를 읽어 본 적도 없는데 잠깐 고민이 됐으니까. 의뢰가 들어오지 않았다면 했을지도 모른다.

이때 들어온 의뢰는 좀 특이했다. 에세이 네 개를 동시에 받길 원했는데, 급하다면서 금액을 두 배로 주겠다고 제안했다. 거절할 이유가 없었다. 다른 때보다 까다롭긴 했지만 의뢰인은 작업이 끝나고 나서 고맙다고 했다. 그 말을 듣는데 얼마나 상쾌하던지. 이 상쾌함을 누군가와 나누고 싶었다.

학교 근처에 있는 아이스크림 전문점에 가서 여섯 가지 맛이 들어가는 아이스크림을 샀다. 초코, 딸기, 녹차……. 김영원이 무슨 맛을 좋아하는지 몰라서 최대한 겹치지 않게 골랐다. 학교까지는 십 분도 걸리지 않았지만, 연이어 최고 기온을 찍는 날씨 때문에 가는 길에 아이스크림이 녹을까 걱정됐다.

"얼마나 걸리세요?"

"한 시간 정도요."

넉넉하게 드라이아이스를 넣은 봉투는 묵직했다. 나도 김영원처럼 바보가 됐는지 자꾸 웃음이 나왔다.

김영원은 방과 후에 옥상에서 시간을 보냈다. 오늘도 옥상에 있을 게 틀림없었다.

"아이스크림 왔다."

"헐. 누나!"

아이스크림을 받아 든 김영원은 톡톡 터지는 탄산처럼 웃었다. 태양은 강렬하게 뜨겁고 시멘트 바닥에서는 열기가 모락모락 올라왔다. 김영원은 나를 그늘에 앉힌 뒤

태양을 등지고 앉았다. 그러곤 뭘 이렇게 많이 사 왔냐고 하면서도 신이 나서 포장지를 뜯었다.

"너 피스타치오 좋아해?"

"먹어 본 적 없는데."

"이거 내가 진짜 좋아하는 거야. 야, 좀 센스 있다?"

피스타치오를 고른 건 색이 예뻐서였다. 주위에서는 쉽게 찾을 수 없는 색이니까. 저런 색에서는 무슨 맛이 날지 궁금했다. 김영원은 아이스크림을 듬뿍 떠서 나에게 건넸다. 분홍색 숟가락이 바람을 따라 약하게 흔들렸다.

"이건 안 먹으면 인생 손해 보고 사는 거. 아, 빨리! 팔 떨어지겠다!"

못 이기는 척 숟가락을 받았다. 숟가락을 입안에 넣자 단맛이 퍼져 나갔다. 달긴 한데 쿰쿰하고 이상한 맛이었다. 무슨 맛인지 표현하기 어려워서 인상이 절로 찌푸려졌다. 이런 걸 왜 좋아하는 거지?

"맛있지?"

"너는 이게 왜 맛있냐?"

"맛없다는 생각이 안 들었으면 반은 성공이네. 그러다가 또 피스타치오 보면 다시 한번 먹어 볼까 하다가 나처럼 중독된다."

"아니. 절대 안 그럴걸. 그 옆에 있는 초코나 딸기를 먹겠지."

"원래 도전해서 맛있으면 기쁨이 두 배야. 너 진짜 인생 재미없게 산다."

김영원은 아이스크림을 크게 한입 퍼먹었다. 찡그리던 얼굴이 일순 펴졌다. 난 아이스크림을 별로 좋아하지 않았다. 먹고 나면 입안에 끈적임이 남는 것 같아 한 개를 끝까지 먹어 본 적도 없었다. 그런데 이상하게도 그날은 끈적임 대신 갈증이 남았다. 달다고 하면서도 숟가락을 멈출 수가 없었다.

여섯 개의 맛 중에 제일 덜 단 게 피스타치오였다. 아무리 먹어도 맛이 이상했다. 맛이 없는 건 아니고 무슨 맛인지 종잡을 수 없었다. 정체를 모르겠다는 점에서 오는 불쾌함에 자꾸 손이 갔다. 내가 중독된 건 불쾌함이었다. 피스타치오를 퍼먹을 때마다 그럴 줄 알았다는 듯이 김영원은 비웃어 댔다.

아이스크림을 먹는 속도보다 아이스크림이 녹는 속도가 더 빨랐다. 가만 앉아 있어도 땀이 흐를 정도로 더운 날이었다. 해를 등진 김영원은 나보다 더워 보였다. 김영원의 목덜미에 땀이 맺혀서 또르르 흘렀다. 내가 그 애 옷 끝자락을 잡아당기자 김영원이 맥없이 끌려왔다.

"덥잖아."

몸을 돌리면 체온이 느껴질 만큼 가까웠다. 시선이 허공에서 맞닿았다가 흩어졌다. 날씨 탓인지 얼굴마저 달아오르는 기분이었다.

벽에 등을 기대고 있으니 옷 너머로 서늘함이 느껴졌다. 나무 끄트머리에 매미가 붙었는지 맴맴 우는 소리가 시끄러웠다. 평생 먹을 아이스크림은 다 먹은 것 같았다. 입이 달아서 목이 말랐다. 물도 하나 사 올걸. 눈을 감고 있으니 몸이 노곤했다.

곧 있으면 여름방학이었다. 개학하고 나면 바로 중간고사와 기말고사였고, 그러면 금방 졸업이었다. 중학교도 끝이구나. 그럼 옥상에 올라올 일도 없겠지. 김영원이랑 얘기할 일도 없을 거고.

이제는 옥상 문을 열었을 때 김영원이 있는 게 당연했다. 없으면 허전해서 오늘은 왜 김영원이 안 왔는지 종일 곱씹게 됐다.

"방학 때도 계속 대필할 거야?"

김영원의 시선이 바닥을 향해 있었다. 무슨 얘기를 하나 했는데 대필이라니, 어쩐지 김이 샜다.

"아마도. 학교 안 가면 시간이 더 많으니까."

"어디서 쓸 건데? 나 구경하면 안 돼?"

김영원은 눈치 보는 어린애처럼 말끝을 살짝 흐렸다. 글을 쓸 때면 누가 말을 거는 것도, 옆에서 지켜보는 것도 거슬렸다. 게다가 내가 글을 쓰고 있을 때 자기는 가만히 있어야 하는데 왜 굳이 보려는 걸까. 친구도 많으면서 왜 이러는지 알 수가 없었다.

"……자습실에서."

"그럼 됐네. 학교에서 보면 되겠다."

김영원은 환하게 웃었다. 김영원이 졸라서 허락한 건 아니었다. 어차피 방학 때는 집에만 있었다. 더위를 많이 타기도 했고 딱히 갈 데가 있는 것도 아니었다. 방학 때 한두 번 보고 나면 김영원이 질려서 안 올 거라고 생각했다.

하지만 난 역시 김영원을 잘 몰랐다. 김영원은 날 방해하지 않겠다면서 학원 숙제를 가져왔다.

"네 덕분에 숙제 하나도 안 밀리겠다."

"그냥 미리 하면 되는 거 아냐?"

"자, 조용히 하라고 주는 뇌물."

김영원의 가방 안에는 문제집 말고도 다른 게 많이 들어 있었다. 젤리, 초콜릿, 사탕, 물, 주스, 이온음료. 가방이 이상할 정도로 크다 싶더니 편의점을 다 털어 온 수준이었다.

방학 때 학교 자습실에는 사람이 거의 없었다. 학원, 과외, 특강으로도 충분히 바쁜 방학에 굳이 학교에 오는 애는 드물었다. 우리 집에서 학교까지는 삼십 분 정도 걸리는데, 매일 아침 애들로 빽빽하던 버스마저 한산해서 어색했다. 고요하다 못해 적막한 학교가 꼭 은신처처럼 느껴졌다.

텅 빈 교실에서 우리는 마주 보고 앉아 할 일을 했다. 김영원은 숙제에 열중했는데 하도 집중해서 날 보긴 하는 건지 의심이 들었다. 그런데 내가 글을 쓰다 지쳐서 엎드려 있으면, 김영원은 기다렸다는 듯 얼른 간식을 건넸다. 김영원이 준 간식은 너무 달아서 물을 마셔야 했다. 그런 날 보고 김영원은 내 미각이 의심스럽다고 했다. 결국 간식들은 다 김영원의 배 속으로 사라졌다.

방학 동안 김영원과 매일 만났다. 같이 오목이나 빙고만 하던 날도 있었으니 효율이 높지는 않았다. 분량을 못 채워서 밤새워 글을 쓰기도 했고 맞춤법 검사를 돌리는 걸 잊는 바람에 의뢰인에게 욕을 먹기도 했다. 돈을 받고 하는 일인데 제대로 해야 한다는 의식은 있었다. 분명 김영원과 만나는 시간을 줄이고 글을 쓰면 될 텐데, 그건 선택지에 없었다. 즐거우니까 그만두고 싶지 않았다.

◎

"학생회장한테 초고는 받았고?"
"응. 별로 안 고쳐도 되겠던데."
"오케이. 섭외는 다 끝났으니까 됐고. 기간 안에 열심히 해 보자."

고등학교에서는 동아리를 필수로 해야 했다. 생기부에 도움이 되는 동아리에 들겠다며 모두가 필사적이었다. 과학실험 동아리는 예산이 빵빵하다더라, 교육 봉사 동아리는 성적순으로 받는다더라, 작년에 S대학에 간 선배는 토론 동아리를 했다더라……. 그런 정보는 다들 어떻게 아는지 신기했다.

"유신아, 애들이 기사 쓴 거 올렸는데 한번 확인해 줘."

부장이 종이 뭉치를 건네며 말했다.

"네."

대학이 중요하지 않으니 당연히 동아리도 중요하지 않았다. 적당한 곳이면 어디든 좋았다. 수많은 홍보 포스터 사이에서 눈에 띈 게 교지편집부였다. 면접이 없는 동아리 중 하나이기도 했고 김영원의 말이 귓가에 아른거리기도 했다. 비록 동아리 시간 외에도 일이 많은 편이라 애들이 기피하는 동아리였지만.

동아리에 들어가자마자 편집 파트와 작성 파트 중 하나를 선택해야 했는데, 내가 고민하는 사이 작성 파트 인원이 차 버렸다.

글을 쓰고 싶어 하는 애들은 너무 많았다. 결국 나는 편집 파트로 배정됐다. 편집 파트에서는 주로 내지 구성이나 교지의 콘셉트를 맡았다. 지금껏 하던 대로 하면 되어서 특별히 할 일은 없었다. 그래서 원고가 나오기 전까지는 비교적 한가했다.

작성 파트에 비해 일이 적다 보니 원고가 나오면 초고

를 확인하는 일이 추가됐다. 오탈자와 비문을 확인하고 행여나 논란의 여지가 있을 만한 내용을 가려내는 업무였다.

〈누굴 위한 입시 정책인가?〉_1학년 이예지

나랑 같은 1학년 애가 쓴 건 정부가 새롭게 내놓은 입시 정책에 대한 비판 기사였다. 자기소개 시간에 기자가 꿈이라고 했던 애였다. 그 애는 써 보고 싶은 게 많다면서 눈을 반짝였다. 초등학생 때부터 기자단 활동을 했다며 자기 이름이 박힌 글을 몇 개나 가지고 있었다. 분명 내가 쓴 글도 걔한테 뒤지지 않을 만큼 많았다. 다만 내 글에는 모두 다른 이름이 적혀 있을 뿐이다. 걔가 쓴 글은 제대로 된 주인이 있었다. 그럴 때면 속이 쓰렸다.

꿈이란 단어는 지나치게 낭만적이다. 난 외롭지 않은 것만으로 족하다. 그런데 이런 건 꿈이라고 부르기 어렵다. 한 치 앞도 모르는 게 사람 인생인데 미래를 상상하는 게 의미가 있나 싶었다. 하지만 김영원은 나와 달랐다.

"일단 수능 치고 나면 면허부터 딸 거야. 그리고 알바를 열심히 해서 차를 사는 거지. 그래서 차를 타고 멀리 놀러 다니는 거야."

"대학에서 만난 친구들이랑 방학 때 배낭여행을 가는 거야. 돈이 별로 없어서 호화롭게는 못 다니겠지만 거기서 새 친구들도 만나고 노숙도 하고 그러는 거야. 시간이 지나면 엄청 추억이 되겠지?"

"한 서른여섯 살쯤에 엄청난 기술을 개발해서 특허를 내는 거야. 그럼 부자가 되겠지? 그리고 회사를 세우는 거야. 젊은 CEO가 돼서 '대표님, 오늘 오후 두 시에 미팅이 예약되어 있습니다' 이런 소리를 듣는 거지."

김영원은 미래를 상상하는 걸 두려워하지 않았다.

"대표님, 꿈이 참 크십니다."

"원래 꿈은 크게 꾸는 거야. 그때 나는 CEO 할 테니까 넌 작가 해."

가끔 말도 안 되는 공상에 날 끌어들이기도 했다. 소꿉놀이를 할 때 엄마 아빠를 정하는 것처럼 아무렇지 않게. 난 미래를 꿈꾸는 게 두려웠다. 아무리 기다려도 그 미래가 영영 오지 않을까 봐. 하지만 김영원은 미래를 상상하는 것만으로도 즐거워 보였다.

"네가 책 내면 내가 한 삼백 권 살게. 그래서 만나는 사람마다 주는 거야. 회사에도 쫙 뿌리고! 그 사람들이 다 네 책을 읽으면 너는 엄청 유명해지겠지? 베스트셀러 작가 정유신. 어때, 완전 간지 나지."

"그거 사재기야, 미친놈아."

"아."

김영원의 머릿속에서는 그런 생각들이 끝도 없이 쏟아져 나왔다. 이게 하고 싶고, 저게 하고 싶고. 셀 수 없을 정도로 많았다. 하고 싶은 게 어떻게 그리 많을 수 있는지, 어떻게 무언가를 기대할 수 있는지. 내가 특별히 불행한 것도 아니었는데, 지금보다 나은 미래가 올 거라고 믿는 김영원이 대단하게 느껴졌다.

바보 같은 생각을 하는 것도 옮나 보다. 그런 날이 절대 오지 않을 것 같다고 생각하면서도 머릿속으로는 하나둘씩 미래를 덧붙여 나갔다. 상상 속의 나는 베스트셀러 작가이고 가끔 CEO인 김영원과 만나 일상을 공유했다. 여름 휴가철이면 남태평양에 있는 별장에 갔고, 겨울에는 영국에서 빅벤을 보며 템스강을 건넜다. 너무 뻔한 거짓말이라 그런지 상상을 끝낸 후에도 현실로 돌아왔다는 불쾌함은 남지 않았다.

김영원은 나보고 작가가 되라고 계속 말했다. 물론 꿈이라는 달콤한 단어를 따라 살고 싶었던 적도 있었다. 하지만 난 스스로 글을 쓸 수 없는 사람이었다. 혼자서 무언가를 생각해서 글을 만들어 나가는 게 어려웠다. 쓰고 싶은 게 없었다. 내가 아닌 누군가가 되어 이야기를 전달하는 게 재밌었다. 그래서 대필을 했다. 다른 사람이 될 기회를 놓치지 않았다. 우습게도 내가 나로 존재하지 않을 때 글이 쉽게 써졌다. 그래서 나를 작가라고 칭하는 김영원의 말은 멀어지지지도 가까워지지도 않는 위성처럼 내 머릿속을 맴돌기만 했다.

원래라면 대회 같은 건 나갈 생각도 하지 않았는데, 중학교 3학년 때는 거의 모든 백일장에 참여했다. 김영원이 부추긴 탓이었다.

한번은 대회에서 수상한 내 작품을 교내에 일주일 동안 전시한 적이 있었다. 제목 아래 내 이름이 적힌 게 낯설었다. 수상작들은 서쪽 현관에 있었는데, 급식실을 눈앞에 두고 현관에서 수상작을 구경하는 애들은 없었다. 조형물이나 그림은 몰라도 B4 종이 하나를 빼곡하게 채

운 글은 아이들을 사로잡지 못했다.

진짜 할 일 없는 애들 아니면 아무도 안 읽어 보겠네. 괜히 이런 걸 전시해 둔다고 불평하긴 했지만, 나는 마치 무언가를 두고 온 사람처럼 매일 그곳을 서성였다. 누군가 내 글을 알아보고 칭찬해 주길 기다렸던 걸까.

전시가 끝나기 전날, 나는 어김없이 그곳을 찾았다.

이것도 재밌어.

종이 아래쪽에 파란 사인펜으로 적어 놓은 글씨가 있었다. 김영원한테 상을 받았다고 말한 적도 없는데, 어떻게 알았을까. 날리듯 쓴 글씨를 보고 웃음을 숨길 수 없었다. 휴대폰을 꺼내 사진을 찍었다. 가까이에서 한 장, 다섯 발자국 정도 뒤로 물러나서 한 장. 카메라 소리가 유난히 경쾌했다. 그러고도 한참 그 앞을 떠나지 못했다.

재밌다는 말만큼 가슴 설레는 말은 없었다. 작가가 되면 이 말을 훨씬 더 자주, 더 많은 사람에게 들을 수 있을까? 고작 이런 이유로 작가가 되고 싶다고 생각해도 되는 걸까?

그 말이 듣고 싶었어

전시 기간이 끝나면 전시된 수상작은 폐기된다고 했던 말이 떠올랐다. 어차피 버릴 거라면 내가 갖고 싶었다. 내 글이었고, 나에게 남긴 글이었다. 누군가 오기 전에 김영원의 글씨가 있는 부분만 손으로 천천히 찢었다. 그러곤 구겨지지 않게 종이 쪼가리를 책 사이에 끼워 넣었다.

　집에 오자마자 계속 고민했다. 어디에 두면 가장 잘 보일까. 그리고 마침내 그 쪽지를 책상 앞에 붙여 놨다. 손가락 마디만 한 종잇조각은 줄곧 그 자리를 지켰다. 그 일이 생기기 전까지는.

　그 일이 있고 나서 나는 도저히 견딜 수가 없었다. 결국 종이를 뜯어 버렸다. 그 후에는 어디에 뒀는지 아무리 생각해 봐도 기억나지 않았다.

◉

　방학이 다가오자 학교에서는 보충수업 신청서를 받았다. 고등학교는 중학교 때와 차원이 달랐다. 매일 아침 일찍 등교해서 밤늦게 하교하는 것도 모자라 방학 내내 보충수업이 있어서 학교에 오지 않는 기간은 일주일 남짓

밖에 되지 않았다. 그래서 보충수업을 신청하지 않으려는 애들이 많았다.

"이거 신청 안 하면 담임 쌤이 상담한다고 했으니까 안 할 사람들은 이유도 적어서 제출해."

교탁 앞에 선 김지원이 신청서를 들고 말했다. 애들은 조용해졌다가 금방 목소리를 높였다. 방학에 대한 설렘은 순식간에 불만으로 바뀌었다. 방학 때까지 학교에 오라는 소리냐며 불만을 토하는 애들을 보고도 김지원은 태연했다.

"난 특강 있어서 안 하거든. 신청할 거야?"

"아니."

"담임이 완전 벼르고 있더라. 조심해."

"알아서 할 테니까 신경 꺼."

"걱정해 줘도 난리."

김지원은 툴툴대면서 종이 뭉치를 들고 옆 분단으로 갔다. 김지원은 성적 좋은 애들만 들어갈 수 있는 면학실 명단에 이름을 올릴 정도로 공부를 잘했다. 그러니 보충수업을 빠지는 것도 어렵지 않을 것이다. 짝이 내 어깨를 툭 쳤다.

"김지원이랑 싸웠어? 왜 갑자기 성질이야."

"그런 게 있어."

일기장을 읽고 난 뒤로 김지원에게 친절하게 대하기 어려웠다. 당사자도 아닌 주제에 이렇게 하는 것이 잘못됐다는 건 알고 있다. 다만 나는 김영원에게 상처 준 사람과 친하게 지내고 싶지 않은 것뿐이다. 김지원이랑 아무렇지 않게 대화하거나 장난치면 김영원이 섭섭해 할 것 같았다. 그래서인지 김지원과 말을 섞을 때면 죄를 짓는 기분이었다.

"정유신, 담임이 불러."

담임선생님이 벼르고 있다는 김지원의 말은 사실이었다. 내가 학원에 다니지도, 과외를 하지도 않는다는 걸 담임선생님이 알고 있기 때문에 뭐라 둘러댈 이유가 없었다. 화가 많이 났는지 담임선생님은 사유를 적든 안 적든 보충수업을 신청하지 않은 애들을 불러서 상담을 하기 시작했다.

"유신이는 왜 신청을 안 했어? 어디 가?"

"방학 때는 집에서 쉬고 싶어서요. 제가 더위에 약하기도 하고."

담임선생님한테 삐딱하게 굴 필요는 없었다. 학교에서 나는 눈에 띄지 않는 학생이었다. 대책 없이 학교에 오기 싫다고 우기기보다는 조곤조곤하게 이야기하는 편이 나았다.

"그래? 다른 게 아니라 선생님이 보기에 유신이는 성적도 괜찮고 학교생활도 잘하는데, 진로를 아직 못 정한 것 같아서. 같이 얘기해 보려고 잠깐 불렀어."

보충수업은 핑계고 아예 날을 잡은 모양이었다. 멋쩍은 기분을 애써 숨겨 보려 고개를 숙였다.

"하고 싶거나 관심 가는 거 없어?"

이런 질문에 바로 대답할 수 있는 애들이 몇이나 될까. 아무 말도 하지 못한 채 나는 입술만 달싹였다. 작년에는 작가가 되고 싶다고 생각한 적도 있었다. 내가 쓴 글을 읽고 싶어 하고 읽은 뒤에 재밌다고 말해 주는 사람이 있었으니까. 그 말을 듣고 싶어서 글을 쓰는 게 즐거웠다.

지금은 글을 써도 아무런 느낌이 없다. 학교에 와서 수업을 듣는 것처럼 당연하게 글을 썼다. 그렇게 쓰고 나면 쾌감보다 공허함이 들었다.

"……아직 잘 모르겠어요."

시간이 더 지나서 내가 김영원의 유서를 쓴다면, 그때는 알 수 있을까? 그것도 답이 될 순 없을 것 같았다. 작가가 되고 싶다는 마음은 흐릿했고 하고 싶은 것도 없었다. 이제 미래를 생각하는 건 익숙해졌다고 생각했는데 혼자서 미래를 그리는 건 이상하게 벅찼다.

담임선생님은 내가 힘들어 한다고 생각했는지 한동안 연설을 늘어놨다. 마지막에 잘하고 있다는 격려도 잊지 않았다. 적당히 웃고 고개도 열심히 끄덕이자 담임선생님은 만족스러운 표정을 지었다. 학년실을 나가는 발걸음이 유난히 무거웠다.

내가 교실로 돌아오자 이번에는 다른 애가 불려 갔다. 애들은 웃고 떠들다가도 자기 이름이 불리면 얼굴을 팍 찌푸렸다. 교실로 돌아오는 애들은 하나같이 표정이 안 좋았다.

아이러니하게도 애들의 표정이 어둡고 거친 말이 들릴수록 나에게는 위안이 됐다. 미래가 나한테만 벅찬 게 아니라는 안도감. 어딘가에 발붙이지 못한 내가 비정상이 아니라는 동질감. 누구에게도 말 못 할 구차한 감정이었다.

202X. 08. 01

 오늘은 오랜만에 외식을 했다. 형이 무슨 경시대회에서 상을 받았다는데, 그게 엄청 받기 힘든 상이라고 했다. 엄마가 너무 좋아했다. 아빠도 좋았는지 할머니, 할아버지한테 전화를 돌렸다.

 당연히 나도 엄청 기뻤다. 형은 나랑 다르게 공부도 잘하고 상도 타 오고 그러니까. 나만 있었다면 우리 엄마 아빠는 자식이 멍청하다는 사실을 믿지 못하고 쓰러졌을 수도 있다. 그런데 형이 자랑스러운 것보다 부러운 마음이 더 컸다.

 밥 먹으면서 형이 엄청 뭐라 뭐라 말을 많이 했는데, 무슨 말인지 하나도 못 알아들었다. 내가 알아들은 건 형이 무슨 프로그램 개발자가 되는 게 꿈이라는 것이었다. 엄마랑 아빠는 형의 말을 다 이해하는 것 같아서 그냥 가만히 있었다. 여기서 질문을 하면 진짜 멍청해 보일 것 같아서.

 내가 진짜 잘하는 게 하나라도 있으면 이런 생각은 안 해도 될 텐데. 그게 뭐든 간에 진짜 열심히 할 자신이 있는데. 엄마는 아직 내가 못 찾은 거라고 했지만, 사실 없는 게 아닐까?

 내가 좋은 대학을 못 가고 취직을 못 해도 엄마 아빠가 날 응원해 줄까? 날 실패한 자식이라고 생각하지 않을까? 그렇게 안 되려면 어떻게 해야 할까. 누가 알려 주면 좋겠다. 나도 자랑스러운 아들이 되고 싶다. 형처럼 뭐든 내세울 게 있으면 좋겠다.

그런 면에서 정유신은 진짜 특이하다. 내가 정유신이면 매일매일 글만 쓰고 대회란 대회는 다 나가서 상을 타 올 텐데. 그 애는 별 관심이 없다. 상을 받으면 부모님이 안 좋아하냐고 물었더니 그건 또 아니라고 했다. 말하는 걸 보면 글 쓰는 걸 좋아하는 건 맞는데, 좋아하면서도 필사적으로 굴지 않는다. 여유가 넘치는 게 부럽기도 하고, 한편으로는 아깝기도 했다.

대필 같은 건 나중에 문제 생길 수도 있는데. 솔직히 왜 그런 일을 굳이 하는지 모르겠다. 이상한 의뢰인을 만나면 스트레스도 많이 받는 것 같고 짜증도 엄청 내면서. 그만하면 될 텐데 힘들다면서도 그러지 않는다. 아무리 잘 써도 자기 게 아니고 남 좋은 일만 시키는 건데, 그런 걸 왜 하는 걸까?

형한테 슬쩍 물어봤더니 그런 거 물어볼 시간에 공부나 하라고 했다. 하여튼 진짜 싸가지 없다. 형만 아니었어도 콱.

"다녀올게."

문이 닫히자 도어록이 깜빡이다 저절로 잠겼다. 엄마는 여느 때처럼 아침 일찍 집을 나섰다. 원래라면 나도 엄마를 따라 학교에 가야 했지만 담임선생님께 사정한 덕분에 보충수업을 뺄 수 있었다.

김영원 일만으로도 벅차서 한동안 대필 의뢰를 받지 않았다. 그래도 방학 때는 한두 개 정도 받을 수 있을 것 같아 며칠 전 블로그에 공지를 올렸다. 오늘까지 회신을 주기로 했기 때문에 메일함을 살펴봐야 했다.

새롭게 도착한 메일은 다섯 개였다. 의뢰를 수락하는 데는 내 나름의 철학이 있었는데 기간, 금액, 내용 이 삼박자가 잘 어우러져야 했다. 돈을 너무 많이 주는 의뢰는 수상하니 걸렀고 시험 기간과 마감 날짜가 겹쳐도 걸렀다. 가끔 대학교에 제출할 리포트나 자소서를 의뢰하는 사람들도 있었는데, 이것도 걸렀다. 성적이나 입시, 취직 등 명백한 결과를 불러올 수 있는 것도 피했다. 처음에는 내가 보낸 글이 좋다고 했다가 안 좋은 결과가 나오면 나한테 책임을 전가하는 사람들이 간혹 있었기 때문이다.

안녕하세요. 대필 의뢰드립니다.

가장 먼저 온 의뢰 메일을 클릭했다.

남의 글 대신 써 주면 안 쪽팔리냐?

니 같은 수준 존나 널렸음. ㅉ

"미친놈."

주소를 차단하고 메일을 바로 휴지통에 넣어 버렸다. 아주 가끔은 이렇게 테러 메일을 보내는 사람도 있었다. 의뢰하는 척 제목과 첫 부분을 적어 놓고 밑에 욕만 잔뜩 쓰는 전형적인 패턴이었다. 이런 메일이 두세 달에 한 번 꼴로 왔다.

처음에는 나한테 악의를 가진 사람이 있다는 게 소름이 끼쳤다. 하지만 이 일도 여러 번 겪다 보니 익숙해졌다. 계속 곱씹어 봤자 나한테 좋을 게 없었고, 이런 메일을 보낸 사람이 원하는 대로 괴로워하고 싶지 않았다. 전에는 대필 때문에 수상이 취소됐다고 달려드는 미친놈도 있었다. 그 인간에 비하면 이 정도는 아무것도 아니었다.

"대필 그만두면 안 돼?"

처음 받은 테러 메일은 수위가 꽤 높았다. 하필 그 메일을 들키는 바람에 김영원은 틈날 때마다 대필을 그만두면 좋겠다고 말했다.

"그거 써도 네 글 아니잖아. 좋은 소리도 못 듣고."

"내가 사 준 아이스크림은 잘만 먹었으면서."

"그거랑 그거랑은 다르지!"

"너 죽을 때까지 할 거야."

"아, 진짜!"

내가 말을 빙빙 돌리며 제대로 대꾸하지 않을 때면 김영원은 입이 댓 발 나왔다. 그래 놓고 초고가 나오면 제일 먼저 보여 달라고 했다. 그래서 나는 테러 메일을 들키지 않게 조심해야겠다고 생각했다. 김영원은 여전히 내 글을 좋아하고 나는 김영원이 내 글을 읽어 주는 게 기뻤으니까.

"내 얘기는 아니고 아는 사람 얘긴데 잘 들어 봐."

내가 도저히 자기 말을 들을 기미가 없다고 생각했는지, 하루는 김영원이 나를 불러 놓고 심각하게 얘기했다.

"음. 그 사람은 운동선수였는데, 아는 사람 부탁으로 대신 경기에 나간 적이 있었어. 대신 나간 건데 못할 수는 없잖아. 그래서 엄청 열심히 했어. 근데 너무 잘해서 상도 받고 상금도 받은 거야. 엄청 자랑스럽잖아. 그런데 그 어디에도 말할 수가 없었대. 자기가 아니니까. 상장에 적혀 있는 게 자기 이름도 아니고."

"원래 아는 사람 얘기면 자기 얘기라던데."

"그건 안 중요하거든!"

김영원은 낯부끄러운 듯 소리를 질렀다. 아무리 생각해도 김영원의 얘기 같았다. 이야기하는 동안 농구공이 옥상 바닥을 통통 쳤다. 김영원은 바닥에서 튀어 오르는 농구공에서 눈을 떼지 못했다.

"잘하는 것도 없는데 좋아하는 것까지 뺏긴 것 같아서 너무 억울했대. 나는 이걸 빼면 진짜 아무것도 없는데. 이건 내 건데. 왜 내가 잘한 게 남이 잘한 게 되냐고. 잠이 안 올 정도로 너무 억울해서 두 번 다시 안 했대. 그러니까 넌 그러지 마. 억울하잖아. 네 건데 네 거라고 말도 못 하고. 나중에 작가 되면 문제가 될 수도 있고."

김영원의 걱정이 이해되지 않는 건 아니었다. 하지만 난 김영원이 말한 것처럼 글을 좋아하는 것도, 작가가 되고 싶은 것도 아니었다. 김영원의 입에서 작가라는 말이 나올 때면 설렘과 답답함이 동시에 휘몰아쳤다. 김영원은 왜 내가 작가가 될 거라고 믿는 건지, 어떤 이유로 그렇게 믿을 수 있는 건지 궁금했다.

 김영원의 말을 들으면서 난 좋아하는 일을 뺏긴 그 애가 안타까우면서도 부러웠다. 억울해서 잠이 안 올 정도로 좋아하는 게 있다는 것이. 나는 글 옆에 다른 사람의 이름이 있는 걸 당연하게 여겼다. 대필하는 걸 누가 강요한 것도 아니니 억울함도, 분함도 사치였다.

 김영원은 왜 내가 자기와 비슷하다고 생각한 걸까. 김영원에게 묻고 싶었다. 그러나 이제는 너무 늦은 질문이었다.

202X. 08. 12.
 요새 날이 더워서 너무 힘들다. 원래 더위에 이렇게 약하지 않았는데. 지구온난화 때문에 요즘 맨날 기온이 30도가 넘는다. 이러다 쪄 죽는 게 아닐까?

 날이 더워서 그런지 자꾸 짜증이 난다. 엄마도 그런 것 같다. 아침에도 별거 아닌 일에 짜증을 내더니 아까도 내가 바로 전화를 안 받았다고 화를 냈다. 잔소리할 것 같아서 두 번 정도 안 받긴 했지만 분명 그다음에는 잘 받았는데. 잘못했다고 했는데도 방에 가서 더 반성하라고 했다.

형은 나보고 눈치껏 좀 하라 그러고, 아빠는 다음 학기부터 학원을 바꾸라고 했다. 생각해 봤는데, 아무래도 아빠 친구 아들이 최근에 성적이 올랐다는 게 문제인 것 같았다. 대학 동창이라던데. 내가 봤을 때는 그 모임이 문제다. 그런 건 다 없애 버려야 하는데.

자기 친구가 요새 맨날 아들 자랑을 한다면서, 어제도 아빠가 짜증을 냈었다. 원래 자랑은 내세울 게 없는 놈들이 하는 거라고 할 때는 언제고. 내 생각엔 걔가 이제 나보다 공부를 잘하니까 열받은 게 틀림없다. 근데 그건 내가 노력해도 안 되는 건데.

나도 옛날에는 그래도 자랑할 게 많은 아들이었다. 요즘에는 자랑할 게…… 음, 고백을 많이 받은 거? 근데 그것도 어차피 다 가짜다. 진짜 내 모습을 알면 나한테 고백하는 애는 한 명도 없을 거다. 나 같아도 그럴 테니까.

날 믿는 엄마 아빠한테 미안하다. 솔직히 공부한다고 성적이 오를 것 같지도 않은데……. 학원비랑 과외비가 아깝다.

"정유신 맞지! 진짜 오랜만이다. 여기서 뭐 해?"

우연이라는 건 가끔 소름 끼칠 정도로 무섭다. 예상치

못한 장소에 예상치 못한 사람이 등장했다. 자몽에이드가 너무 마시고 싶어서 한낮에 집을 나선 게 잘못이었다. 어딘가에서 달려온 중학교 동창이 카페로 향하던 날 붙잡았다. 내가 휴대폰 번호도 바꾸고 단톡방도 나가버린 탓에 졸업 후에 동창을 만나는 건 처음이었다.

중학교가 있던 동네와 한참 떨어진 곳이라 이런 상황이 생길 거라곤 생각해 본 적이 없었다. 어색해 하는 나와 달리 동창은 날 살갑게 대했다. 아지랑이가 보일 정도로 더운 길거리에서도 불쾌한 기색 없이 환하게 웃고 있는 얼굴이 그랬다.

"시간 괜찮으면 잠깐 얘기 좀 할래? 저기 앞에 있는 카페 가던 중이었거든."

동창과 나는 목적지가 같았다. 아니, 목적지가 달랐더라도 매정하게 굴지는 못했을 거다. 그 시절을 아는 사람을 만난 것만으로도 내 머리는 이미 작년 겨울 생각으로 가득했으니까. 어딘가에서 불어온 찬 바람이 뺨을 스쳐 차마 동창의 손을 떼어 내지 못했다.

"어디 학교 다녀? 다른 애들은 다 연중고 갔는데 나만

튕겨서 여기 근처로 다니거든. 지금은 보충 마치고 독서실 가던 중이고. 너도 이 근처 학교 다니는 거야?"

"응. 경목고 다녀. 나는 집이 이쪽이라서 아예 여기로 썼어."

버스로 삼십 분은 족히 걸리던 중학교와 다르게 고등학교는 걸어서 십 분이면 갈 수 있었다. 나는 빨대로 음료를 휘휘 젓다가 힘껏 들이켰다. 시원한 음료가 목을 타고 들어가니 울렁이던 속이 가라앉는 것 같았다.

"난 문장고 다녀. 경목고랑 진짜 가까운데 여태 한 번도 못 봤네. 음, 잘 지냈어?"

"처음에는 아는 애들이 없어서 힘들긴 했는데 다들 착해서 잘 지내고 있어. 너도?"

"당연히 잘 지냈지."

가위로 실 자르듯 대화가 툭툭 끊어졌다. 동창도 그걸 느꼈는지 멋쩍게 웃었다.

"연락 못 해서 미안해."

만나자마자 해야 했던 말이었다. 어느 고등학교에 갔는지 알려 주지도 않은 데다가 전화나 카톡, 문자에 답하지도 않고, 번호까지 바꿔 버렸다.

애들이 날 어떻게 생각하든 언젠가 사과해야겠다고 줄곧 생각했다. 그런데 내가 사과할 거라 예상치 못했는지 동창의 눈이 동그랗게 커졌다가 다시 작아졌다.

"신경 안 써도 돼. 있잖아, 우리 한 번도 안 만났어. 그 일 있고 나서 졸업식도 하는 둥 마는 둥 했잖아. 그때 애들은 맨날 울기만 하고 교문에는 자꾸 기자들 찾아와서 시끄럽게 하고. 우린 너무 슬펐는데…… 선생님들은 털어 내라는 말만 하고."

"……그랬지."

사고 이후의 기억은 지우개로 문질러 버린 것처럼 희미했다. 그때 나는 생각을 멈춘 채 잠수하듯 숨을 참고 학교에 갔다. 학교는 슬픔의 연장선이라서 그곳에서 김영원을 떠올렸다가는 영원히 가라앉을 것 같았다.

"너도 알았겠지만, 수경이가 되게 오랫동안 영원이 좋아했잖아. 그래서 단톡방에서는 아무 말도 안 하고 다른 애들끼리 종종 안부만 전하다가 이제는 뭐, 연락도 다 끊겼지."

동창이 빨대로 음료를 저어 댔다. 얼음들이 컵에 부딪히며 잘랑거렸다. 수경이, 그 애가 김영원을 좋아한다는 걸 모르는 사람은 없었다.

그 애는 김영원의 눈짓과 손짓 한 번에 얼굴을 붉혔고, 김영원한테 여자 친구가 생겼다는 소식을 들을 때면 애들을 이끌고 노래방에 가서 목이 쉬도록 노래를 불렀다. 그런 점이 사랑스러운 애였다. 누군가를 좋아하는 건 저렇게 사람을 솔직하게 만드는 거구나. 숨기지 못하고 흘러나오는 마음이 부러웠다.

"근데 잘 생각해 보니까 너도 그랬던 것 같아서."

"응?"

"김영원 좋아했던 거 아니야?"

동창의 그 말이, 귀가 아플 만큼 크게 들리던 음악 소리와 사람들의 말소리를 뚫고 잔잔한 파도처럼 나에게 부딪혔다. 음료를 쥔 오른손이 아려 왔다. 난 동창이 한 말이 무슨 말인지 모르겠다는 듯 느리게 눈을 껌뻑였다.

"아니, 그, 졸업하고 아무 이유 없이 잠수 탄 것 같진 않아서. 김영원 때문인가 했지. 그때 우리가 수경이는 엄청 걱정해 줬는데, 너도 만약 그랬으면…… 힘들었던 거 몰라준 게 미안해서."

"아니야."

"아, 쓸데없는 소리 해서 미안. 난 그냥 걱정돼서."

"잠수 탄 건 미안. 다른 일 때문에 그랬어."

"아냐. 개인 사정일 수도 있는데, 나야말로 미안. 김영원은 워낙 성격이 좋아서 인기가 많았잖아. 고백한 애들도 좀 있었고. 그땐 다들 힘들었으니까. 그래서 혹시나 해서 물어봤어."

나 지금 제대로 웃고 있나? 아무렇지 않은 척 잘 말하고 있나. 꼭 머리와 몸이 분리된 것만 같았다. 혼란스러운 티를 내지 않으려 동창의 별거 아닌 말에 크게 웃기도 하고 손뼉을 마구 치기도 했다.

음료에 든 얼음이 반쯤 녹았을 때 우리는 자리에서 일어났다. 다음에 또 만나자며, 동창은 휴대폰 번호를 알려달라고 했다. 나는 손이 닿는 대로 숫자 여덟 자리를 입력했다.

카페 밖은 아까보다 더 더웠다. 처음에는 천천히 걷다가 어느 순간부터는 누군가 뒤쫓아 오는 것처럼 힘껏 달렸다. 이유 없이 빨라지는 심장박동이 너무 무섭게 느껴져서, 차라리 폐가 터질 만큼 숨이 차는 게 나았다.

집에 도착하자마자 나는 손으로 책상 위를 쓸어 버렸다. 책상에 있던 것들이 아래로 떨어지면서 무언가 깨지는 소리가 났지만, 난 그대로 옷장에서 두꺼운 이불을 꺼내 책상에 덮었다. 그런 다음 휴대폰 전원을 끄고 책상 밑으로 기어들어 갔다.

쪼그려 앉아서 눈을 감으니 열기가 몰려왔다. 고요 속에 시끄럽게 울어 대는 매미 소리만 들려왔다. 천천히 숨을 내뱉으며 호흡을 골랐다. 아무도 모를 거야. 내가 김영원을 좋아했다는 건. 내가 감히 그런 생각을 했다는 건, 절대, 아무도.

아무도 몰라야 했다.

◉

내가 김영원을 좋아한다고 깨닫게 된 건 가을이었다. 여름처럼 갑자기 비가 쏟아지는 날도 없었고 공기도 시원해 매일 옥상을 찾았다.

김영원이 옥상을 잘 오지 않았던 때가 있다. 가을 하늘을 더 좋아한다고 해 놓고 오지 않는 김영원이 원망스러왔다. 이상하게 여름보다 가을 햇빛이 따가웠다.

혼자 햇빛 아래 앉아 있는 게 언제부터 지루해졌는지 잘 모르겠다. 외롭지 않기 위해 옥상에 왔는데 더 외롭게 느껴졌다. 외로움을 견디지 못해 집으로 가려던 어느 날, 문밖에서 둔탁한 소리가 들려왔다. 농구공이 통통거리는 소리였다.

문밖으로 뛰쳐나갔지만 운동장에는 아무도 없었다. 설마 하는 마음에 농구장 쪽으로 발걸음을 돌렸다. 농구장에 가까이 갈수록 공 튀는 소리가 또렷하게 들려왔다. 농구장에는 교복 소매를 걷어붙인 김영원이 있었다. 그렇게 좋아하는 농구를 하고 있는데도 표정이 딱딱한 게 평소와는 영 달랐다.

"그렇게 해서 슛이 들어가겠어?"

내가 크게 소리치자 김영원이 주위를 두리번거렸다. 힘껏 달려가면서도 혹시 김영원이 날 못 볼까 봐 손을 마구 흔들었다. 와하, 내가 좋아하는 웃음소리가 농구장에 울려 퍼졌다. 김영원의 얼굴에 웃음이 퍼져 나갔다. 그 모습에 나도 따라 웃었다.

"원래 바스켓도 안 스치고 들어가거든. 내가 너무 잘해서 오늘 다른 애들이 기가 팍 죽은 거야. 살살하는 법을 모르니까 못하는 연습 중."

"헛소리 잘 들었습니다."

가방을 던져두고 농구장 옆에 있는 벤치에 앉았다. 김영원은 쉬지 않고 슛을 던졌다. 공을 마구 튀기다가 달려들어서 던지기도 하고, 뒤로 물러나서 심호흡을 한 뒤 던지기도 했다. 김영원의 교복 셔츠가 땀에 흠뻑 젖어 있었다. 나는 머리 위로 내리쬐는 해가 따가워서 자꾸 눈을 찌푸렸다.

"더운데, 안 가?"

"그렇게 나약한 마음가짐으로 어떻게 농구를 하겠어? 이게 뭐가 덥다고."

김영원은 나를 힐끗 보더니 공을 바닥에 내려놓고, 벤치 아래 놓인 가방에서 검은색 우산 하나를 꺼냈다.

"쓰고 있어. 너 엄청 빨개."

김영원은 다시 달려가서 공을 잡았다.

요즘 들어 애들 입에 김영원의 이름이 자주 오르내렸다. 김영원이 여자애들의 고백을 계속 거절하자 소문은 끝도 없이 생겨났다. 김영원이 진짜 좋아하는 애가 생겼다, 고등학생이랑 사귄다, 전 여친을 못 잊었다 등. 소문을 직접 물어보는 애들은 없었다. 다만 김영원이 자리를 비우기만 하면 기다렸다는 듯 뒷말을 했다.

한참 슛을 던지던 김영원이 두 볼이 빨개져서는 숨을 몰아쉬었다. 그러곤 수돗가로 가서 세수를 했다.

김영원은 물을 뚝뚝 떨어뜨리면서 나에게로 걸어왔다. 김영원이 나보다 훨씬 더워 보여서 쓰고 있던 우산을 건넸다. 잠시 멈춰 선 그 애가 우산을 받아 들었다. 스치는 김영원의 손끝에서 열이 뿜어져 나왔다. 예상치 못한 온도에 깜짝 놀란 나머지 나도 모르게 손이 움츠러들었다.

"나 살자고 널 죽일 수는 없지. 의리가 있는데."

김영원은 그대로 내 옆에 앉았다. 맞닿은 어깨가 손보다 훨씬 뜨거웠다. 여름보다 후덥지근한 날이었다. 쿵쿵대는 심장 소리가 어깨를 타고 전해질 것 같았다. 뭐라고 대꾸하고 싶은데 아무 말도 떠오르지 않았다.

"요새 왜 아무도 안 사귀어? 이 기세면 조만간 안티 모임이라도 생길 것 같던데."

간신히 떠오른 화제가 고작 여자 친구 얘기였다. 이것보다 분명 더 좋은 주제가 있을 텐데. 말하면서도 바보 같았다. 김영원은 한참 있다 입을 열었다.

"이제 필요 없어. 다들 진짜 내가 어떤 애인지 알면 안 사귀고 싶어 할걸. 왜 나 같은 애랑 사귀고 싶겠어. 난 공부도 못하고 착하지도 않은데."

"야."

"난 애들이 생각하는 것처럼 대단한 사람이 아니야."

"김영원."

"잘하는 게 하나도 없는 주제에 발버둥 치는 것도 지겨워. 그냥 아무도 나한테 기대하지 않았으면 좋겠어. 물론 기대하는 거야 고맙지. 고마운데…… 너무 힘들어."

김영원의 목소리가 쩍쩍 갈라졌다. 김영원이 그런 말을 할 때마다 난 견딜 수 없을 만큼 속상했다. 나한테는 김영원만큼 중요한 건 없는데, 김영원은 그 사실을 모르는 것 같았다. 글로 썼다면 쉽게 나왔을 말들이 입으로는 하기 어려웠다.

"아니야. 진짜 아니야."

이 말에 얼마나 많은 의미가 있는지 알아차려 주길 바랐다.

내가 말주변 없는 거 알잖아. 왜 그런 생각을 하는지는 몰라도 그게 진짜라고 믿지 마. 넌 기대라는 이름의 사랑을 받아 마땅한 사람이라고.

이 모든 마음을 꾹꾹 눌러 담아 쥐어짠 한마디였다.

"너무 더워서 그래."

김영원이 내 어깨에 머리를 기댔다. 열이 올라서 그런 말을 했던 것뿐이라면 저 열이 다 나에게 옮겨 왔으면 좋겠다고 생각했다. 그런 말을 또 들었다간 내 마음이 부서질 것만 같았다.

"가기 전에 세수하고 가자."

한참 뒤에 김영원이 말했다. 열기 때문에 살짝 어지럽기도 해서 나는 고개를 끄덕였다. 김영원의 얼굴이 여전히 빨갰다.

수도꼭지를 돌리자 물이 시원하게 쏟아졌다. 차가운 물줄기에 열기가 단번에 식는 기분이었다. 머리끈이 없어서 머리카락끼리 잘 엮어 놓고, 양손에 물을 가득 담아 얼굴에 끼얹었다. 더위가 한꺼번에 씻겨 내려가는 것 같아서 상쾌했다. 그 와중에 머리카락이 풀려서 가슴 부근으로 흘러내렸다.

"내가 잡고 있을게."

귓가에 낮은 목소리가 울리더니 곧이어 그 애 손가락이 얼굴 옆을 스쳐 지나갔다. 무언가 부서질까 무서운 듯 조심스러운 손길이었다. 머리카락을 타고 움직이는 손길이 간지럽다고 느낄 즈음 김영원이 내 머리카락을 한 손에 움켜쥐었다. 목뒤에 뜨거운 손가락이 살짝 닿았다. 나는 깜짝 놀라 몸을 부르르 떨었다.

"아, 미안."

목뒤로 느껴지던 열기는 순식간에 사라졌다. 친구들이 해 줄 때는 아무렇지도 않던 일이 어쩐지 낯간지럽게 느껴져 얼굴이 화끈거렸다. 나는 잡념이 사라질 때까지 얼굴에 물을 계속 끼얹었다.

"얼굴이 왜 그렇게 빨개? 아직도 더워?"

"좀 더운 것 같은데."

김영원은 손으로 마구 부채질을 했다. 평소에 눈을 뚫어져라 쳐다볼 때는 언제고 나와 눈이 마주치자 황급하게 시선을 피했다. 그걸 깨닫자 내가 더 부끄러웠다.

그날은 온종일 김영원 생각이 났다. 집에 가는 길 버스에서도, 밥을 먹으면서도, 세수하려고 머리를 묶다가도 빨개진 김영원의 얼굴이 자꾸 떠올랐다. 물론 그게 무슨 의미인지 모를 정도로 내가 바보는 아니었다. 그날 이후 내 플레이리스트는 멜랑꼴리한 사랑 노래들로 채워졌다.

나는 '김영원'과 '좋다'는 단어를 최대한 멀리 떨어뜨리기 위해서 애썼다. 김영원과 마주치면 좋아하는 마음이 삐져나올 것만 같아서 일부러 매일같이 드나들던 옥상도 가지 않았다.

김영원의 말과 행동 하나에 내 기분이 좌지우지된다는 걸 알리고 싶지 않았다. 행여나 내가 좋아한다는 걸 알고 김영원이 떠난다면 감당할 수 없을 것 같았다. 김영원이 없는 일상은 상상만으로도 괴로웠다. 이미 흘러넘친 마음은 돌이킬 수 없지만 더 가까워지지 않게 애쓸 수는 있었다. 그게 최선이었다.

◎

방 안이 어둑어둑해졌을 때쯤 나는 책상 아래에서 나왔다. 한여름에 에어컨도 틀지 않고 틀어박혀 있었더니 온몸에 땀이 흥건했다.

책상 위에 놓여 있던 화분 하나가 산산조각이 나 있었

다. 엄마가 오기 전에 방을 정리해야 했다. 너도 나 때문에 이렇게 됐구나. 깨진 화분 조각들을 신문지로 감싸서 쓰레기통에 넣었다. 신문지에 뭐가 묻어난다 싶었는데 손가락에 길게 상처가 나 있었다. 손가락이 갑자기 불에 덴 것처럼 뜨거웠다.

고작 이 정도로 아프다고 해서는 안 된다. 난 아플 자격도, 김영원을 좋아할 자격도 없다. 내가 김영원을 죽였으니까. 더 아프고 괴로워야 마땅했다. 행복해져서도, 꿈을 찾아서도, 편해져서도 안 됐다. 주먹을 세게 쥐었다. 주먹 사이로 피가 흘렀다. 눈물이 찔끔 나올 만큼 아팠다.

◉

난 김영원이 죽을 걸 알고 있었다.

작년 여름, 소원 자물쇠가 유행했다. 20퍼센트대의 시청률을 달성하며 대히트를 기록한 로맨스 드라마 때문이었다. 두 주인공은 소원 자물쇠를 만들며 십 년 뒤에 다시 만나자고 약속했지만, 이십 년 후 여주인공은 의사로, 남

주인공은 시한부 환자로 만나게 된다. 끝이 정해진 감성 멜로드라마였다.

소원 자물쇠는 자물쇠 뒤에 자기가 이루고 싶은 걸 적고 잠그는 것이었다. 단, 십 년이 지나면 자물쇠를 되찾아야 하기에 열쇠를 계속 갖고 있어야 했다. 십 년 동안 담긴 간절함이 소원을 들어준다는 설정이었다.

내가 보기엔 말도 안 되는 설정에다가 유치해 보였는데, 다른 사람들은 그게 낭만적이라며 좋아했다. 드라마 덕분에 한동안 하트나 네잎클로버 모양처럼 예쁜 자물쇠가 많이 나왔다.

김영원도 그 드라마의 애청자였다. 여름방학의 어느 날, 문제집이 나올 줄 알았던 김영원의 가방에서 포장도 뜯지 않은 하트 모양 자물쇠가 나왔다. 어쩐지 가방이 유난히 가벼워 보이더라니.

"정유신, 우리도 하자!"

김영원이 뜬금없는 제안을 하는 건 하루이틀 일이 아니었다. 자물쇠에 글자 좀 적는 게 그렇게 어려운 일도 아니고, 소원 같은 건 없었지만 뭐든 적으면 되지 않을까. 김영원은 내 대답을 기다리며 눈을 빛냈다. 그러곤 그 드라마의 좋은 점을 설명하다가 슬그머니 본론을 꺼냈다.

"근데 들어 봐. 아무래도 우리가 같이 드라마를 봐야 이해가 잘되지 않을까? 내가 왜 이렇게 하고 싶어 하는지, 난 네가 꼭 알았으면 좋겠는데."

알고 보니 고도의 영업 전략이다. 나는 원래 드라마나 영화에는 큰 관심이 없었다. 움직이지도 못한 채 영상 하나에 집중해야 하는 게 답답했다. 영상은 책과 다르게 속도를 조절할 수도 없고 오래 보고 있으면 눈도 아팠다.

"그거 볼 시간에 글을 더 쓰겠다. 나 먹여 살리는 건 나밖에 없거든?"

"딱 삼십 분만 보자. 어? 내가 어느 부분을 봐야 하는지도 체크해 왔어. 잠깐만 여기 앉아서 보면 돼. 제발. 내가 왜 자물쇠까지 사 왔는지 정말 안 궁금해?"

"진짜 안 궁금해. 심심하니까 사 왔겠지."

이렇게 단호하게 말했지만 결국 김영원의 말에 넘어가고 말았다. 애정은 사람을 바보로 만들었다. 시간 낭비라는 걸 아는데도 못 이기는 척 따랐다.

우리는 도서관 대신 옥상으로 향했다. 옥상 앞 계단은 한여름에도 서늘했다. 계단 위쪽에 아이패드를 올려 두고 바닥에 앉아서 영상을 봤다. 드라마를 보는 내내 김영원은 귀가 따가울 정도로 떠들어 댔다. 이게 얼마나 중요한 장면인지, 둘이 얼마나 애틋한 관계인지 열렬히 설명했다. 그러면서도 드라마에서 눈을 떼지 않았다. 그 덕에 나는 드라마에 집중하지 않고도 내용을 이해할 수 있었다. 드라마가 삼류 감성팔이 감성인 건 중요하지 않았다. 김영원이 잔뜩 신났으니 그것만으로도 지루한 드라마를 볼 이유는 충분했다.

작품 속에서 시한부 판정을 받은 남주인공은 한동안 죽음에 대해 생각했다. 예고 없이 찾아온 삶의 중단에 그는 어쩔 줄 몰라 했다. 그 장면을 보면서 사실 난 별생각이 없었다. 사람이야 다들 죽는 거고, 오히려 언제 죽는지 알게 되면 시간을 더 가치 있게 쓸 수 있지 않을까. 뻔하고 지루한 전개에 하품이 나오는 걸 간신히 참고 있는데, 김영원의 목소리가 건물에 울려 퍼졌다.

"있잖아."

그 순간 하품이 나와서 오른손으로 빠르게 입을 가렸다. 김영원한테 들켰다가는 또 무슨 잔소리를 들을지 모른다.

"어차피 언젠가 죽을 거면 누구라도 구하고 죽는 게 낫지 않아? 그럼 죽어도 영웅일 거 아니야. 쓸모없는 것보다는 나을 것 같은데. 그 정도면 솔직히 엄청 자랑스러운 아들이겠지? 어때?"

김영원의 어조는 이번 주 학원 숙제가 많다고 얘기하는 것만큼 단조로웠다. 잘못 들었나 싶어 김영원을 쳐다봤다. 하지만 김영원은 아까와 별다를 게 없는 표정이었다. 방금 무슨 말을 한 거냐고 물어보고 싶었다. 갑자기 긴장이 몰려와서 손끝이 약하게 떨렸다.

"저 장면에서 남주랑 여주가 우연히 마주쳐. 빨리 봐. 진짜 중요한 장면이니까."

김영원은 화면에 대고 손가락질했다. 그러고는 몇 번이나 더 봤을 장면을 보며 작게 비명을 내질렀다. 내 시선은 김영원을 따라 화면으로 향했지만 머릿속에는 김영원의 말이 맴돌았다.

꿈같은 순간이었다. 우리는 아이패드 배터리가 다 닳아 화면이 꺼질 때까지 드라마를 봤다. 그 긴 시간 동안 나는 김영원이 했던 말을 끝없이 되새겼다.

소원 자물쇠는 만들지 못했다. 김영원의 부모님에게 전화가 왔고, 김영원은 다음을 기약하며 자리를 떠났다. 그렇지만 다음은 오지 않았다. 소원 자물쇠가 유행하는 바람에 골치를 앓던 학교 경비원이 자물쇠가 보이는 족족 잘라 버렸고, 김영원이 자물쇠를 잃어버려서 새 자물쇠를 사겠다고 하다가 어느 순간 잊었기 때문이다.

기억 속에서 사라진 자물쇠처럼, 나는 김영원이 했던 말을 여느 때와 같은 김영원의 투정으로 넘겨 버렸다. 김영원이 힘들다는 말을 하는 게 특별한 일도 아니었고 죽고 싶다는 말 정도는 그 나이대 애들이라면 입에 달고 살았으니까.

— 야, 김영원 사고 났대

— 뭔 소리야

— 아니 ㄹㅇ

— 학교 앞 편의점 쪽 사거리에서 교통사고 났다고 함

— 친구가 말해 줬는데 완전 난리 났음

— 김영원 괜찮음?????

— 119도 왔다는데? 누구 구하다가 그랬대

— 제발 아무 일 없었으면 좋겠다……

— 8반 애 대신 치인 거래. 어떡해 진짜……

— 이거 담임한테 말해야 하는 거 아님?

— 이게 무슨 소리야?

잊고 있던 말이 떠오른 건 그 말이 현실로 일어났을 때였다. 휴대폰은 쉴 새 없이 깜빡였고 말보다 더 빠른 글자들이 위로 올라갔다. 거기 있던 애가, 내 친구가, 내 동생이, 하면서 목격자들의 이야기가 떠다녔다. 누가 거짓말을 하는지, 과장해 말하는지는 모르겠지만 단 하나의 사실은 확실했다. 김영원이 누군가를 구하고 대신 사고를 당했다는 것.

학교는 소란스러웠고 애들은 눈물을 감추지 못했다.

"누구라도 구하고 죽는 게 낫지 않아?"

김영원의 목소리가 내 안에서 요동쳤다. 아니라고 말해 줬어야 했는데. 나한텐 네가 제일 중요하다고 말해 줬어야 했는데. 마지막 순간에 김영원이 정말 그런 생각으로 그 애를 구했는지는 김영원밖에 몰랐다.

김영원이 죽었던 12월에는 그 애와 단 한 번도 대화한 적이 없었다. 당시 나는 김영원에게 화가 나 있었다. 그래서 김영원이 말을 걸어와도 무시했다. 김영원은 분명 그때도 힘들어 했을 것이다. 그러니 김영원이 만약 그 찰나에 아주 조금이라도 그런 생각을 했다면, 그건 명백히 내 탓이다. 내가 그 애를 그렇게 만들었다. 내가 김영원을 죽인 것이나 다름없다.

김영원은 나 때문에 죽었다.

아무것도 몰라서 미안

202X. 09. 02

 처음으로 형이랑 싸웠다. 솔직히 이건 싸웠다고 할 수가 없다. 내가 일방적으로 당한 거다. 형은 요새 특목고 준비를 하는데 장난 아니게 예민하다. 엄마랑 아빠도 형 눈치밖에 안 본다. 그래서 한마디 했더니 아주 난리가 났다.

 난 그냥 적당히 좀 하라고 한 것밖에 없는데, 형은 너처럼 미래도 없는 놈이 뭘 알겠냐고 화를 냈다. 머리에 든 것도 없는 게 뭘 아냐면서. 와, 그 말만 안 했어도 안 팼을 거다. 말을 그따위로 해야 하나? 화가 나서 한 대 쳤다. 근데 그렇게 세게도 안 때렸는데 혼자 발에 걸려 넘어지더니 피가 엄청 많이 났다. 미안

하진 않았다. 그냥 억울했다.

그 뒤로는 뭐, 안 봐도 뻔하다. 엄마 아빠 둘 다 난리가 났다.

"네가 내 아들인데 어떻게 이럴 수가 있냐."

아빠가 그러더니 그게 부부싸움으로 번졌다. 엄마는 저런 깡패 유전자가 자기 집안에서는 없다고 했고, 아빠는 그럼 우리 집안에서 나왔겠냐고 했다. 아빠는 자기는 아무리 없이 살아도 사람은 안 팼다고 했고, 엄마는 짐승도 자기 형제는 알아본다고 했다. 둘이 싸우는 것 같았지만 자세히 들어 보면 내 욕이었다.

엄마 아빠는 각자 말하는 핀트가 좀 달랐다. 아빠는 내가 형을 '때려서' 놀란 거고 엄마는 내가 '형을' 때려서 놀란 거였다. 나랑 단둘이 싸우기 시작하니 졸지에 형까지 찬밥이 돼서 병원은 둘이서 다녀왔다.

병원에 가니 그냥 피가 많이 난 것뿐이지 꿰맬 필요는 없다고 했다. 하여튼 형이 죽는다고 오버를 해서 쓸데없이 응급실만 다녀왔다. 형은 나보고 제발 나대지 말라고 했다. 내가 해 주고 싶은 말이었다.

집에 오니까 아빠는 나보고 얘기 좀 하자고 했다. 음, 말이 얘기지 심문이나 다름없었다. 왜 그런 행동을 했는지 설명하라고 했다. 내가 형이 그렇게 말해서 화가 났다고 하자, 그래도 폭력은 안 된다면서 아빠가 한마디 했다.

"그렇게 행동하면 밖에 나가서 부모가 욕먹는다."

아무도 엄마 아빠 욕은 안 할 텐데, 일단 알겠다고 했다. 그러고도 한참 동안 아빠는 캐물었다. 왜 맨날 학원에 가는데도 성적이 안 오르냐, 공부 못하는 애들하고만 다녀서 그런 거 아니냐, 왜 형처럼은 못하냐. 여기까지는 그러려니 했다.

그런데 왜 내 아들인데 이거밖에 안 되냐고 했을 때는 아무래도 좀 상처가 됐다. 형한테 SOS를 쳤는데 형이 못 본 척했다. 하여튼 진짜 의리 없다. 진짜 인생 그렇게 사는 거 아니다.

나는 일기장을 덮었다.

엄마가 출장을 가자 집이 텅 비었다. 커다란 동굴에 혼자 있는 기분이었다. 밖이 깜깜해진 지 오래였기에 잠을 청해 보려고 침대에 누웠다. 푹신한 침대에서 허리가 아플 때까지 굴러다녔지만 잠이 오지 않았다. 결국 자리에서 일어났다.

시계는 열한 시를 가리키고 있었다. 공원이라도 돌고 오면 좀 나을 것 같아 겉옷을 챙겨 들고 문밖을 나섰다.

아파트 내에는 단지별로 공원이 있었다. 우리 집 앞에

도 공원이 있었지만 조금 더 오래 걷고 싶어서 다른 단지로 향했다. 쌀쌀할까 봐 겉옷을 챙겼는데, 촘촘하게 놓인 보도블록을 밟으며 가는 동안 괜한 걱정이었다는 걸 알았다. 밤공기가 미지근해서 걸음을 빨리했다간 땀이 흐를 것만 같았다.

단지 안에는 사람이 거의 없었다. 학원 갔다 오는 건지 자기 몸만 한 가방을 멘 애들, 쓰레기를 버리러 나온 주민들 정도만 보였다.

"아 씨. 왜 이렇게 안 들어가?"

공 튀기는 소리가 났다. 내가 익히 알고 있는 소리였다. 이 시간에 농구를 하는 사람이 있구나. 나도 모르게 소리가 나는 쪽을 향해 뜀박질했다. 농구공 소리를 듣는 건 진짜 오랜만이었다.

중학교 때는 운동장 구석에 농구장이 따로 있을 정도로 농구 좋아하는 애들이 많았는데, 고등학교에 오니 다들 축구만 했다. 학교에 농구장도 없었고 농구공을 들고 다닐 만큼 농구를 좋아하는 애도 없었다.

공원 구석에 농구 골대가 보였다. 페인트칠이 다 벗겨진 골대 앞에 누군가 농구공을 들고 서 있었다. 그 애는 몇 번이나 슛을 던졌지만 그중에 딱 한 번만 성공했다. 그것도 아슬아슬했다. 링 위를 빙그르르 돌던 공이 바스켓으로 들어가자 그 애는 환호했다. 덥지도 않은지 그 애는 공을 던지는 데 열중했다.

"농구 진짜 어렵네, 이거."

김지원이었다. 그 애가 바닥에 공을 튀기며 웃었다.

"너 왜 집에 안 가고 여깄어?"

공을 보지 않고도 손을 자유자재로 움직이던 김영원과 달리 김지원은 계속 공만 바라보고 있었다. 공이 튀어 오르는 높이도 제각각이었다.

"너는 왜 여깄어? 너희 집 이쪽 아니잖아."

"얼마 전에 이사 왔어. 김영원 그렇게 되고 나서 이사했거든. 일기장도 이삿짐 정리하다가 찾은 거고. 안 그래도 혼자 하니까 심심했는데. 받아."

김지원은 나에게 공을 던졌다. 닳을 정도로 낡은 농구공. 공 가운데에는 검은색 매직으로 이름이 큼지막하게 적혀 있었다.

3-2 김영원

허락 없이 쓰지 마라

잠시라도 잊고 있으면 이렇게 불쑥 김영원이 떠올랐다.
"너도 던져 봐. 내 목표는 골 넣는 거야. 같이하자."
김지원이 내 손목을 잡아끌었다. 멀리 떨어져 있던 골대가 성큼 가까워졌다.
"유튜브에서 봤는데, 골대에 저기 네모난 사각형 테두리 보이지? 저기를 맞히면 들어간대. 근데 보다시피 지금 하나도 안 들어가는 중."
오랜만에 받아 든 농구공은 묵직했다. 거칠거칠해 보였는데 실제로는 맨질맨질했다. 닳고 닳아서 그런가. 코에 가까이 대자 고무 냄새가 옅게 나는 것 같기도 했다.
"왜 갑자기 농구야?"
"김영원이 왜 그렇게 좋아했나 싶어서. 나는 운동 못하거든. 그래서 내 이름으로 대회 신청해 두고도 무서워서 김영원이 대신 나간 적도 있었어. 걘 거기서도 잘하더라. 상도 받고."
필사적으로 대필을 말리던 김영원이 떠올랐다. 좋아하는 것까지 뺏긴 것 같아서 억울했다던 김영원. 두 번 다시 그런 짓은 안 하겠다고 다짐했다던 김영원.

"그렇지. 김영원이 정말 많이 좋아했지. 뺏기기 싫어할 정도로."

◉

김영원은 점심시간이면 반 애들과 농구를 했다. 수업 종이 치면 물을 뒤집어쓰고 교실에 들어와서 여자애들의 질타를 받긴 했지만, 아무리 더운 날에도 땀을 뻘뻘 흘리면서 공을 던졌다. 그리고 비가 오는 날에도 공을 들고 나갔다. 원래 농구는 비 맞고 하는 거라면서.

김영원의 사물함에는 문제집 대신 농구공이 차지하고 있었다. 농구공에는 매직으로 김영원이라는 이름이 큼지막하게 적혀 있었지만 공공재나 다름없었다.

나는 운동을 좋아하지 않았다. 땀범벅이 되는 것도 모자라 얼굴이 새빨개져서는 숨을 몰아쉬는 모습을 남들에게 보여 줘야 하니까. 운동 때문에 심장을 힘들게 만드는 건 못 할 짓이라고도 생각했다.

처음에는 힘들다면서도 공을 들고 나가는 김영원을 이

해할 수 없었다. 그러다가 궁금해졌다. 스포츠라는 건 그저 사람들이 의미 부여한 것에 불과한데, 공을 튀겨서 빠르게 바스켓 안에 골을 넣는 걸로 매일 즐거울 수 있다니. 김영원도, 김영원과 함께 매일 농구를 하는 반 애들도 이상하게만 느껴졌다. 아니, 그 모습을 보고 있으면 그런 즐거움을 모르는 내가 오히려 이상한 것 같았다.

하루는 점심을 빨리 먹고 운동장으로 뛰어나갔다. 농구를 하는 게 왜 그렇게 즐거운지 궁금했다. 산책하는 애들과 축구 경기를 하는 애들을 지나 운동장 구석으로 갔다. 대놓고 농구장 근처에 앉으면 너무 수상할 것 같았다.

수돗가에 서서 손 씻는 척하며 농구장을 쳐다봤다. 점심을 너무 빨리 먹어서 얹힐 것 같았는데 김영원은 벌써 농구장을 가로질러 달리고 있었다. 소화되기는 하는 건가 의심스러웠다. 주위를 둘러보니 스탠드에 앉아 있는 애들이 몇몇 있었다. 저 속에 섞여 있으면 자연스러울 것 같았다. 그래서 대충 치마에 물기를 닦고 스탠드로 올라갔다.

농구 규칙은 하나도 몰랐다. 애들은 공을 따라 움직이며 모이고 흩어지기를 반복했다. 이런 게 뭐가 재밌는지

지루해지던 차에 김영원이 공을 잡았다. 김영원은 바닥이 아니라 하늘로 공을 던졌다. 공중을 가르며 나아가던 공은 어느 순간 아래로 떨어졌다. 그 모습이 유난히 상쾌해 보였다.

"이거 무조건 들어간다! 야, 음료 잘 마실게!"

김영원 혼자 신나서 소리를 질렀는데 골이 안 들어갔다. 그래도 굴하지 않고 너희를 위해 양보했다며 엄지손가락을 치켜들었다. 주변에서 웃음을 참는 소리가 들렸다. 그런데도 김영원은 또다시 소리를 지르면서 슛을 던졌다.

그 후로도 나는 점심시간이면 운동장으로 나갔다. 날이 좋다는 핑계로, 햇볕을 쬐고 싶다는 핑계로 애들이랑 같이 운동장 스탠드에 앉아 김영원을 눈으로 쫓았다. 애들의 얘기를 들을 때도 시선은 오로지 김영원을 향해 있었다. 공을 던지는 순간은 너무 짧아서, 그걸 놓치지 않으려면 계속 김영원을 봐야 했다. 김영원은 공을 잡기만 하면 주저 없이 슛을 날렸다. 공은 포물선을 그리며 부드럽게 미끄러졌다.

수업 종이 치기 직전이 되어서야 나는 교실로 향했다.

그런데 뒤를 돌아보니 세 걸음 뒤에서 따라오던 김영원이 날 보고 있었다. 마치 내 시선을 기다린 것처럼.

각자 친구들과 걸으면서도 김영원이 작게 손을 흔들면 나는 또 걸음을 느리게 하며 김영원과 속도를 맞췄다.

"봤냐?"

장난기 넘치는 얼굴을 볼 때면 김영원의 목소리가 들리는 것만 같았다. 대답 대신 난 웃기만 했다. 김영원에게 전해질 만큼 환하게.

◉

내가 김지원을 비웃을 처지가 아니었다. 김영원은 너무 쉽게 골대를 향해 공을 던졌는데 내 공은 골대 근처에 가지도 못했다.

"너 진짜 못한다."

"지는."

김지원은 거친 숨을 몰아쉬었다. 공을 던지기만 했는데 온몸에 땀이 흥건했다. 미지근하게만 느껴지던 공기가 이제는 더웠다. 옷을 잡고 펄럭대자 차가운 바람이 옷

안에서 뱅글뱅글 돌았다. 쉬고 싶은 마음에 골대 옆 벤치에 앉았다. 공 몇 개 던졌다고 어깨도 쑤시고 팔도 저렸다. 어떻게 이런 걸 매일 했는지 김영원에게 묻고 싶었다.

"나 마시려고 들고 왔는데, 너도 줄게."

김지원이 가방에서 이온음료를 꺼냈다. 음료에 아직 냉기가 남아 있었다. 음료를 볼에 갖다 대자 얼굴이 찌푸려질 정도로 시원했다. 불어오는 바람이 얼굴을 부드럽게 간지럽혔다. 눈이 저절로 감겼다. 찌르르 우는 풀벌레 소리와 숨소리가 섞여 들렸다.

"일기장은 잘 읽고 있어?"

김지원이 나지막하게 물었다.

"일단 네가 너무너무 싫어지는 중이야. 너희 부모님도 그렇고."

김지원은 아무 말도 하지 않았다. 순간 세상에 김지원과 나만 남은 것처럼 고요했다. 조금 전만 해도 농구공 튀기는 소리가 들렸던 게 꿈만 같았다.

일기를 읽을수록 김지원과 그 부모님이 싫어졌다. 김영원에게 그늘을 만들어 준 게 미웠다. 마구 달려가서 소리를 질러야 분이 풀릴 것 같았다.

김지원이 나쁘지 않은 애라는 생각이 들 때면 어김없이 김영원이 떠올라 화가 났다. 태연하게 김영원 얘기를 꺼내는 김지원이 너무 미웠다. 유서, 그 단어만으로도 간신히 서 있는 날 가볍게 짓눌러 버렸다. 그래서 생각하지 않으려 애썼다.

"그럴 만하지. 나도 그랬는걸."

김지원은 빈 캔을 순식간에 구겨 버렸다.

"집에 데려다줄게. 너희 부모님 걱정하시겠다."

"집에 아무도 없어서 나온 거야. 엄마 출장 갔거든."

"혼자 있으면 더 좋지 않아? 나라면 절대 집에서 안 나올 텐데."

김지원의 안경 너머로 진한 다크서클이 보였다. 이제 보니 삼 일 밤낮은 안 잔 것 같았다. 오늘은 둘 다 열심히 뛰었으니 잠이 잘 오겠지.

"혼자 있으니까 잠이 안 와서."

캔을 따자 경쾌한 소리가 울렸다. 들고 가 봤자 안 먹을 게 뻔하니까 먹고 가는 게 나았다. 음료를 벌컥벌컥 들이켰다. 미지근하기도 하고 짠맛과 단맛이 섞여 미묘한 불쾌함이 들었다.

밤이 더 깊어져 있었다. 보라색과 남색으로 얼룩졌던 하늘은 이제 완전한 까만색이 됐다. 구름 한 점 없던 날이라 그런지 하늘 끝자락에서 빛나는 목성이 보였다.

"하나만 물어볼게."

"뭔데?"

"김영원을 싫어해?"

나름 진지한 질문이었는데 김지원은 뭘 그런 걸 묻냐면서 웃었다. 일기장을 읽으면서 줄곧 궁금했다. 김영원은 김지원에게 몇 번이나 도와 달라고 했다. 김지원이 도와줄 거라고 믿었으니까. 내가 김지원을 싫어하는 거랑 별개로 김영원은 김지원을 싫어하지 않았다.

"부러워서 싫어했어. 엄청 많이."

김지원은 골대를 향해 공을 던졌다. 물기를 머금고 있던 공이 어둠을 가로질러 골대로 날아갔다. 공은 링에 부딪혀 반대편에 있는 수풀까지 데굴데굴 굴렀다. 공이 멈추기를 기다리고 있는 듯 김지원의 시선이 저 먼 곳을 향해 있었다.

"어릴 때 친해지고 싶은 애가 있었어. 근데 주위에 항상 친구들이 있어서 말 거는 것도 어려웠어. 김영원한테 그 얘기를 했더니 바로 그 애를 데리고 집에 온 거야. 그때는 김영원이 멋있고 부러웠어. 뭐가 되고 싶냐고 하면 항상 김영원이 되고 싶다고 대답할 정도였으니까. 크니까 그만큼 싫어졌고."

김지원이 말했다. 이해하기 어려운 말이었다. 내가 고개를 갸웃거리자 김지원이 웃었다.

집에 와서 보니 무릎 주변에 손톱만 한 멍이 들어 있었다. 손가락으로 지그시 눌러 보았다. 찌르는 듯한 통증이 몰려왔다. 김영원의 팔다리에 있던 멍들이 떠올랐다. 퍼렇게 든 멍이 어쩐지 반가웠다.

202X. 10. 15.
정유신은 대단하다. 싫은 건 싫다고 좋은 건 좋다고 말한다. 좋아하는 일은 포기하지 않고 끝까지 한다. 불안해 보이지 않는 게 부럽다. 그리고 다정하고 착하다.

더웠을 텐데 짜증 내지도 않고 계속 기다려 줬다. 카페에서도 내가 뭘 마실지 둘 중에 고민하니까, 둘 다 시켜서 먹어 보고 맛있는 걸 나보고 먹으라고 했다. 자기도 둘 다 좋아한다면서. 정유신이랑 같이 있으면 마음이 편하다.

그런데 난 너무 한심하다. 다들 내가 운동도 잘하고 성격도 좋은 줄 알지만 그건 가짜다. 난 운동을 잘하지도 않고 성격도 안 좋다. 농구는 어릴 때 배웠던 거라 어느 정도 할 줄 아는 것뿐이다. 남들이 나한테 부탁할 때마다 부담스러워 죽을 것 같다. 이런 생각을 하는 걸 들킬까 봐 무섭다. 그럼 내 곁에는 아무도 없을 텐데. 그건 더 무섭다.

얼마 남지 않은 일기를 야금야금 읽었다. 김영원은 나도 기억하지 못하는 걸 기억하고 있었다. 다정하고 착하다니. 정작 자기 자신에 대해서는 몰랐으면서.

아이들은 성격이 좋거나 운동을 잘해서 김영원을 좋아하는 게 아니었다. 김영원은 언제나 분위기를 밝게 만들고 모두에게 다정하게 대했다. 기분이나 사람에 따라 태도가 달라지는 법이 없었다. 그래서 다들 김영원을 좋아했다. 우리는 모두 알고 있었다. 그런 다정을 베푸는 사람이 흔치 않다는 걸.

"넌 진짜 바보야."

일기장을 가방 깊숙이 넣었다. 가방이 묵직했다. 누가

뒤로 잡아당기면 그대로 넘어질 것만 같았다. 가방을 앞으로 돌려 메고 집을 나섰다.

내가 사는 아파트에서 학교까지는 엎어지면 코가 닿을 정도로 가까웠다. 그래서 여기 사는 애들은 대부분 같은 학교에 다녔다. 중학생 때는 너무 먼 학교로 배정받아서 엄마는 여기를 1지망으로 정하고 매일매일 기도했다. 고등학교는 가까운 곳이 최고라는 게 엄마의 지론이었다.

아파트 단지 옆길을 쭉 걸으면 금방 학교에 도착했다. 그래서 등굣길에 같은 교복을 입은 애들이 많이 보였다.

"정유신. 너도 매일 이 시간에 나가?"

"대충 그렇지."

요즘 들어 김지원을 우연히 마주치는 횟수가 늘었다. 김지원은 지난번에 봤을 때보다 다크서클이 훨씬 심해 보였다. 잠도 안 자고 공부하는 모양이었다. 초췌한 얼굴과 다르게 김지원의 교복은 구김 없이 단정했다. 목 끝까지 채운 단추가 답답해 보이기까지 했다.

"진전은 있어?"

일기장을 받은 지 벌써 넉 달이 넘었다. 마음만 먹으면 두 시간 만에 다 읽을 수 있는 분량이었다. 하지만 일기

내용을 받아들일 시간도, 김영원이 남긴 글을 오랫동안 음미할 시간도 필요했다.

"아직 못 썼어. 먼저 의뢰받은 일도 있고."

다른 의뢰를 핑계 삼으면 될 것 같았다. 진짜로 방학 때 받은 의뢰 중에 아직 완성하지 못한 글이 있었다. 마음 같아선 김영원의 유서는 영영 미루고 싶었다.

"너 아직도 대필해?"

김지원의 반응이 생소했다. 난 대필을 시작한 후로 쉬거나 그만둔 적이 단 한 번도 없었다. 밥을 먹고 잠을 자는 것처럼 꾸준히 했다.

"당연한 거 아냐? 너도 그거 보고 연락한 거잖아."

"무슨 소리야? 난 이제 안 하는 줄 알았지. 예전에 문제 있었잖아. 연주시 백일장. 대필한 거 들켜서 그때 은상 받은 애 수상 취소됐잖아. 완전 뒤집어졌던 거 기억 안 나? 그래서 당연히 그만뒀다고 생각했지."

"네가 그걸 어떻게 알아?"

가방이 무거워서 일부러 등에 힘을 주고 서 있었다. 그렇게라도 하지 않으면 금방 다리에 힘이 풀려 넘어질 것 같았다. 꽁꽁 숨겨 왔던 일인데, 김지원이 어떻게 아는 거지? 그 일을 아는 사람이 또 있다는 게 수치스러웠다.

"대필작이라는 걸 알려 준 게 김영원이었으니까. 그래서 내가 신고했어."

김지원의 목소리는 꽁꽁 언 아이스크림처럼 차갑고 딱딱했다. 왜 당연한 걸 모르냐는 듯한 말투.

내가 가장 싫어하는 유형의 인간은 대필에 대한 책임을 나에게 돌리는 의뢰인들이었다. 대필한 글이 수상을 못 해도 내 탓, 대필했다는 걸 들켜도 내 탓을 했다. 어차피 한배를 탄 입장에서 왜 자기는 고귀한 사람이고 왜 나는 미천한 대필가인지.

나한테 테러 메일이 오는 걸 괴로워하던 김영원이 그런 짓을 했다니, 믿기지 않았다. 매일 아침 욕이 적힌 메일을 보는 건 일상이었고, 모르는 번호로 전화가 오면 받지 않았다. 그 일은 내게 악몽으로 선명히 남았다. 다리에 힘이 풀려 그대로 고꾸라지고 말았다.

"야! 괜찮아?"

가방이 너무 무거운 탓이다. 김지원의 부축을 받으며 간신히 자리에서 일어났다. 맞아, 나 학교에 가는 중이었지. 체육 수업이 있는 날인데. 새로 산 문제집 때문에 가방이 무거웠던 거야. 허공을 걷는 기분이었다. 좀 전까지만 해도 가방이 너무 무거워서 어깨가 빠질 것 같았는데도, 넘어지면서 발목을 접질렸는데도 아무런 감각이 없었다.

교실에서도 나는 멍하니 앉아 창밖만 바라봤다. 날이 너무 좋았다. 구름 하나 없이 맑아서 비는 절대로 오지 않을 것 같았다. 카랑카랑한 영어 선생님의 목소리가 교실에 울렸다.

"'I couldn't believe what happened now.' 나는 지금 일어난 일을 믿을 수 없었다. 하지만 어떻게 해야 해요? 믿어야 하죠. 그래서 'But there was no way'. 그러나 방법이 없었다."

손에 쥐고 있던 볼펜이 데구루루 책상 위를 구르다 책상 끝에 걸려 멈춰 섰다.

◎

김영원과 싸운 건 연주시 백일장 때문이었다.

평소에는 기껏해야 한두 통 오던 메일이 서른 통 넘게

쌓여 있었다. 대필할 때 말고는 사용하지 않는 계정이라 스팸 메일도 오지 않는다. 사흘 전에 확인할 때만 해도 새로운 메일은 하나도 없었는데…… 불안한 예감이 들었다.

메일을 보낸 사람은 모두 같은 사람이었다. 발송 오류일 수도 있겠다는 생각이 들었다. 그런데 발신자의 이름이 어딘가 친숙했다. 혹시 몰라 주고받은 메일을 검색했다. 이전에 에세이 네 개를 동시에 받고 싶다고 한 사람이었다. 에세이와 관련된 문제인가 싶어 메일을 클릭했다.

지금 장난하시나요?

그렇게 시작한 글이 길게 이어졌다. 요약하자면, 의뢰인은 내가 쓴 글을 연주시 백일장에 제출하고 수상했다. 그런데 그게 대필작으로 밝혀져 수상이 취소됐다는 것이다. 대필작이라는 사실은 의뢰인과 나만 알고 있기에 의뢰인은 나를 의심했다.

서른 통의 메일 모두 같은 내용이었다. 고소하겠다, 피해보상을 해라 등 온갖 협박으로 가득했다. 욕도 많았다. 욕설을 쓰지 않고도 다채롭게 욕하는 걸 보면 글도 잘 쓸 것 같은데 왜 굳이 대필을 맡겼나 싶었다. 그 안에 적혀 있는 말들은 무섭지 않았다. 애초에 위협적이지 않았으니까.

처음에는 나도 좋게 해결해 보려 했다. 환불해 주겠다고, 그런 일이 생긴 것에 유감이라고도 말했다. 하지만 의뢰인은 전부 다 필요 없다면서 사과해 달라고 했다. 그래서 마음에도 없는 사과를 정성껏 써 줬는데, 이번엔 간절함이 느껴지지 않는다고 화를 냈다. 나와 제대로 얘기할 생각이 없다는 건 그때 깨달았다. 그 후로 나는 메일에 답장하지 않았다.

하지만 의뢰인은 매일매일 메일을 보내왔다. 주소를 차단하면 또 다른 계정을 사용했다. 대필을 위해 만든 블로그 게시글에 악플을 달기도 했다. 일일이 신고하기도 힘들 정도로 똑같은 내용의 욕을 달아 놓았길래 댓글 창을 아예 막아 버렸다. 그래도 이런 건 정말 아무렇지 않았다.

내가 화난 이유는 의뢰인이 학교에 연락하겠다며 협박해서였다. 전에 수상했던 내 글의 일부가 인터넷에 퍼져 있긴 했지만 신상이 드러나 있지는 않았다. 하지만 의뢰인은 어떻게 알았는지 그 글의 전문을 찍어서 나에게 보냈다. 거기에는 학교와 이름이 적혀 있었다. 보자마자 소름이 돋았다.

학교에서 내가 대필했다는 사실을 알게 되면 순식간에 소문이 나는 건 시간문제였다. 내가 떳떳하지 못한 일을 했다는 건 나 스스로도 알고 있다. 그래도 애들 입에 오르내리고 싶진 않았다. 이런 상황에서 내가 찾아갈 수 있는 사람은 김영원뿐이었다.

"정유신. 이제 대필은 그만두자."

김영원은 단호했다.

"이런 미친놈한테 두 번 안 걸린다는 보장이 어딨어? 너무 위험하잖아."

"야. 너 꼭 말하는 게 내가 잘못했다는 거처럼 들리는데. 이거 기분 탓이야?"

"아니, 당연히 아니지. 근데 대필이 위험한 건 맞잖아. 그러니까 이제 그런 건 하지 말고 네 글 쓰자."

"너 왜 말을 그렇게 해?"

김영원의 말이 역겹게 들린 건 처음이었다. 나는 김영원이 평소처럼 말해 줬으면 했다. 무슨 그런 놈이 다 있냐면서, 인생 그따위로 사는 놈의 앞길은 안 봐도 훤하다면서 욕해 주길 바랐다. 아무 일도 없을 거라고 내 편을 들어주길 바랐다.

그런데 김영원은 내가 잘못했다는 듯 말했다. 나쁜 짓을 했으니 어쩔 수 없다는 듯이. 대필이 그런 거라고 말하는 것도 기분 나빴다.

돈 받고 자기 글을 파는 일이니 그렇게 말해도 어쩔 순 없지만, 그래도 나름 자부심을 갖고 해 온 일이었다. 내 글이 필요한 사람이 있다는 것만으로도 내가 제대로 살아가고 있다고 느꼈다. 그래서 김영원의 말 한마디 한마디가 내 가슴을 찔렀다.

"너 진짜 짜증 나."

"정유신!"

"꼴 보기 싫으니까 나한테 말 걸지 마."

그게 김영원과 내가 나눈 마지막 대화였다. 서럽고 화가 나서 김영원을 보기 싫었다. 김영원의 연락에도 답하지 않았고 교실에서 마주쳐도 무시했다. 수업 시간에 나한테 보낸 쪽지도 쓰레기통에 버렸다.

시간이 지날수록 내 화도 사그라들었고 의뢰인이 나에게 연락하는 빈도도 줄었다. 곰곰이 생각해 보면 김영원의 말이 이해가 안 되는 것도 아니었다. 김영원은 내가 줄곧 대필 일을 그만두길 바랐으니까 그럴 수도 있다고 생각했다.

김영원에게 심하게 말한 걸 사과하고 싶었다. 하지만 어떻게 해야 할지 몰랐다. 내 연락에 답장하지 않으면 어떡하지? 내가 불렀을 때 김영원이 대답을 안 하면 어떡하지? 옥상에서 아무리 기다려도 오지 않으면 어떡하지? 김영원이 나를 모른 척할까 봐 너무 무서웠다. 이 무서운 일을 김영원은 어떻게 몇 번이나 할 수 있었던 걸까. 나는 용기가 없었다. 담요를 돌돌 싸매고 농구장에 가서 김영원을 바라만 보다가 돌아오기 일쑤였다.

12월은 너무 빠르게 지나갔다. 그래도 방학 전에는 말을 해야겠다 싶었다. 겨울방학이 지나면 졸업이고, 그러면 만나기 힘들어질지도 몰랐다. 그래서 택한 날이 방학식인 31일이었다. 행여나 김영원이 내 사과를 받아 주지 않아도 그 뒤는 방학이니까. 도망갈 곳을 미리 만들어 놓다니, 나는 마지막까지 비겁했다.

그러나 그날은 결국 오지 않았다.

◉

　김영원을 의심한 적은 없었다. 여태 의뢰인 쪽에서 새어 나간 거라고 생각했다. 근데 대필 작품이라는 사실을 알려 준 게 김영원이었다고? 도저히 믿기지 않았다. 쉬는 시간이 되자마자 나는 다급하게 일기장을 펼쳤다. 내 눈으로 진실을 확인하고 싶었다.

202X. 11. 13.
　정유신이 나 때문에 엄청 화가 났다. 아무리 말을 걸어도 대답도 안 해 준다. 화가 단단히 난 것 같다. 차라리 욕이라도 해 주면 좋겠는데. 날 없는 사람처럼 대하는데 그게 진짜 슬프다. 그래도 계속 붙어 있으면 못 이기는 척 풀 것 같긴 한데, 그건 너무 이기적인 것 같아서 관뒀다. 나도 양심은 있으니까.
　정유신은 절대 모르겠지만, 사실 대필 작품이라고 제보한 게 나다…… 이거까지 들키면 진짜 정유신한테 죽을 수도 있다. 죽을 때까지 비밀로 해야지.
　형은 논술 연습을 한다면서 올해 전국에서 열리는 모든 백일장에 다 나갔다. 그중에서 수상자들의 작품을 모아 문집을 만드는 백일장이 있었다. 중고등학생을 대상으로 하는 연주시 백일장. 거기서 형은 동상을 받았는데, 얼마 전에 수상 문집이 도착했다. 형은 자기 대신 어떤 애가 상을 받았는지 알고 싶다면서 금상과 은상 작품을 봤다. 나도 그 옆에 앉아 있다가 우연히 수상작들을 보게 됐다.

근데 아주 익숙한 글이 보였다. 분명히 내가 읽은 적 있는 글이었다. 잘 생각해 보니 정유신이 나한테 보여 준 글 중 하나였다. 온몸에 소름이 돋았다. 정유신의 글을 내고 상을 받았다고 생각하니 내가 다 억울했다. 형과 엄마도 그 글을 읽고 잘 쓰긴 했다며 칭찬했다.

정유신은 억울하지도 않나? 자기가 받아야 할 칭찬을 다른 사람이 듣고 있는데? 정유신은 의뢰인에게 파일을 보내 줄 때 대회 같은 곳은 내지 말아 달라고 당부한다고 했다. 그걸 듣는 사람은 거의 없지만 당부 정도는 하는 게 최소한의 예의라면서. 근데 이 새끼는 정유신의 당부를 무시하고 글을 냈다. 심지어 상까지 받았다. 수상자들이 기념 촬영을 했던 게 기억나 인터넷에 검색했더니 그놈 얼굴이 금방 나왔다. 뻔뻔한 새끼. 솔직히 그 새끼 글이 대필 작품이라고 알릴 생각은 없었다. 잘못했다가는 정유신이 곤란해지니까. 쓸데없는 짓을 했다가 정유신에게 미움받고 싶지 않았다.

  그런데 진짜 정말 우연히 그 새끼 블로그를 봤다. 백일장에서 은상을 탔다고 자랑하면서 어떻게 그 글을 썼는지 한참을 떠들어 댔다. 얼마 걸리지 않았다는 둥 오래전부터 생각했던 주제였다는 둥. 입만 살아 가지고, 와, 열 뻗쳐서 죽는 줄 알았다.

  정유신이 얼마나 열심히 썼는지 내가 다 아는데, 마치 자기가 한 것처럼 지어 내니까 짜증 났다. 그건 정유신의 이야기지 그 사람의 이야기가 아니다. 불공평하다. 아무리 정유신이 그 사람인 척 썼다고 해도 그 글은 정유신 거다. 정유신이 돈을 주고 그 글을 팔았다고 해도 그 안에 담긴 마음까지 그 사람의 것이 되지 않는다.

  그래서 홧김에 엄마한테 얘기했다. 이 글을 대필 사이트에서 본 적 있다고. 정유신은 한 문단 정도를 샘플로 올리곤 했다. 검색에 걸리지 않게 텍스트가 아니라 이미지로. 그 이미지를 찾아서 엄마에게 보여 줬다. 엄마는 무슨 엄청난 사명감이 있는 얼굴로 뒤는 자기에게 맡기라고 했다.

  그 뒤가 어떻게 됐는지는 나도 전혀 몰랐다. 그러다 수상이 취소됐다는 걸 알고 기뻤다. 그건 그 인간의 상이 아니었으니까! 하지만 정유신한테 그렇게 미친 듯이 달려들 줄은 몰랐다. 그걸 알았다면 제보 같은 건 안 했을 텐데.

아무것도 몰라서 미안

정유신은 내 사과를 받을 생각이 없어 보인다. 내가 괜히 말했나 보다. 그럼 정유신이 화내지 않았을 텐데. 후회되긴 하는데…… 그래도 난 정유신이 대필하는 걸 그만뒀으면 좋겠다.

정유신도 나중에는 후회하게 될 거다. 내가 아는 정유신은 그렇다. 그러니까 당장 욕을 먹더라도 말리고 싶다. 난 그만큼 정유신의 글을 좋아하니까. 정유신이 후회할 일은 없었으면 좋겠다. 나중에 분명 나한테 고마워할 거다.

김영원은 나에 대해서 이렇게 자신 있게 이야기하는데, 나는 김영원에 대해 아는 게 없었다. 책상 위에 엎드려 일기장을 어루만졌다. 아까까지만 해도 쓰렸던 속이 편안했다.

여전히 배신감은 들었다. 제보하지 않았다면 미친놈한테 시달릴 일은 없었겠지. 게다가 김영원은 자기가 제보했다는 사실마저 나에게 평생 숨길 생각이었다. 사람을 바보로 아나. 그래 놓고 모르는 척했던 걸 생각하면 괘씸했다.

김영원은 대필을 그만두고 작가가 되라고 항상 말했다. 나는 그 말이 싫었다. 내 글이 좋다고 하면서도 대필을 한심하게 여기는 것만 같았다. 그래서 김영원이 '그런 건'이라고 말했을 때 크게 상처받았다.

하지만 김영원은 나조차도 깊게 생각해 본 적 없는 대필에 대해 고민하고 있었다. 김영원은 왜 내가 대필을 계속하면 후회할 거라고 생각했던 걸까? 내가 모르는 무언가를 알고 있는 걸까? 도대체 김영원이 알던 나는 어떤 사람이었길래? 그렇게 생각하니 김영원을 마냥 원망할 수 없었다. 엉킨 실타래처럼 마음이 복잡했다.

학교 서랍 안에 일기를 두고 집에 왔다. 그걸 들고 왔다가는 김영원 생각이 졸졸 따라다닐 것 같았다. 오랜만에 대필 계정에 접속했다. 들어온 의뢰는 네 건이었다. 꽤 큰 금액의 의뢰도 있었고 소소한 의뢰도 있었다. 기분 전환 겸 의뢰를 받아 볼까 하고 의뢰 내용을 꼼꼼하게 확인했다. 금액이 많으면 수정을 많이 해 줘야 하니까 번거로워서 패스, 리포트 의뢰도 패스. 제일 무난한 건 엄마의 환갑을 맞이하여 쓰는 편지 의뢰였다. 수락 답장을 써 내려가다 순간 멈칫했다.

"대필은 그만했으면 좋겠어."

김영원의 목소리가 들려왔다.

김영원과 싸운 뒤로 들어오는 의뢰를 모두 받았다. 이게 왜 그딴 일이냐고 김영원에게 반박하고 싶어서였다. 왜 자꾸 대필을 한심한 것처럼 말해? 지금 난 대필을 하면서 인정받고 있는데, 왜 대필이 내 앞길을 막는 것처럼 얘기해?

그 후로도 나는 대필을 했다. 예전처럼 내 글을 읽어 주는 사람도, 그 일을 하지 말라고 말리는 사람도 없었지만 그래도 계속했다. 이상한 건 대필을 하면 할수록 마음이 공허해졌다는 거다. 속을 박박 긁어낸 것처럼. 그래서 곧 끝이 올 거라 생각했다. 완전히 비어 버리게 되면 그땐 글을 쓰지 못할 것 같았다. 그러면 나는 뭘 하며 살아갈 수 있을까? 무엇으로 내 가치를 인정받을 수 있을까? 이런 의문이 자연히 떠올랐지만 나는 애써 외면했다. 경험해 보지 못한 세계를 상상하는 것조차 두려웠다.

작가를 생각해 본 적이 없다면 거짓말이다. 김영원이 추켜세우는 말들을 듣고 있다 보면 저절로 작가를 꿈꾸게 됐다. 하지만 나도 염치가 있었다. 남의 이름으로 지금 껏 글을 썼으면서, 내 이름으로 글을 쓰겠다고? 작가가 되고 싶다면 대필을 해서는 안 됐다. 글을 판 주제에 무슨 글을 쓰겠다고.

무엇보다 난 내 글을 쓸 자신이 없었다. 내 얘기 같은 걸 궁금해 할 사람도 없었고 내 얘기를 누군가에게 해 본 적도 없었다. 그러니까 내 주제에는 대필 작가가 딱 맞았다. 글도 쓰고 돈도 벌 수 있으니까.

손이 움직이지 않았다. 난 뭘 망설이는 거지? 그저 평소처럼 의뢰를 수락하고 계좌번호를 알려 주면 됐다. 하지만 나는 그저 멍하니 컴퓨터 앞에 앉아 있었다. 내가 왜 이러는지 알 수 없었다.

결국 모든 메일을 휴지통에 넣었다. 메일 확인 후 답장하지 않으면 거절의 의미였다.

'아무리 정유신이 그 사람인 척 썼다고 해도 그 글은 정유신 거다.'

김영원 일기장에서 읽은 문장이 아른거렸다.

컴퓨터를 끄는 대신 블로그 창을 켜고 당분간 대필을 쉰다는 공지를 올렸다. 지금은 김영원 일만으로 너무 벅차서 머리가 안 돌아가는 거라고, 그러니까 어쩔 수 없는 거라고 스스로 몇 번이나 다독였다. 공지를 올리고도 나는 괜히 블로그를 뒤적거렸다.

◎

"이번 학기는 이제 자리 안 바꾼다던데. 잘 부탁해."

"일부러 여기 앉았지?"

"아니? 뒤에선 칠판이 안 보여서 여기 온 건데? 오버하기는."

김지원이 웃으면서 가방을 책상 옆에 걸었다. 안 그래도 잠을 못 자서 피곤해 죽겠는데 신경 쓸 일이 하나 더 생겼다. 나는 김지원 반대편으로 고개를 돌리고 엎드렸다. 괜히 눈가가 욱신거렸다.

새 학기가 되었으니 자리 좀 바꿔 달라는 애들의 원성에 못 이겨 담임선생님은 손수 만든 제비를 가져왔고, 지금 뽑은 자리에 2월까지 앉으라고 했다. 그야말로 대참사였다.

"근데 넌 어떻게 맨날 맨 앞자리만 뽑냐? 그것도 능력이다, 진짜."

"네가 짝이 아니었으면 이것보단 좋았겠지."

우리 반을 위해 헌신한다는 반장 김지원은 제일 먼저 제비를 뽑았다. 분명 맨 뒷자리를 뽑은 것 같았는데. 아무래도 담임선생님한테 지극히 사랑받고 있는 듯했다.

"나보고 너 공부하는 것 좀 도와주라던데. 조금만 더 신경 쓰면 성적도 오를 거래."

"제발 내버려둬라, 진짜."

어쩌면 나도 사랑받고 있는지도 모른다. 그런 친절은 필요 없는데.

잠이 통 오지 않았다. 이유는 알 수 없었다. 우유가 수면에 도움이 된다는 인터넷 글이 생각나 매일 한 통씩 우유를 들이켰다.

"성장기야? 잘 먹지도 않더니."

"잠이 안 와서 그래."

싱크대 안에 빈 우유갑이 수북이 쌓였다. 나랑 엄마가 집에 올 때 번갈아 가며 우유를 한 통씩 사 들고 왔다. 빈 우유갑을 보다 못한 엄마는 매일 밤 수면에 좋다면서 요가를 하라고 권유했다. 요가가 어떻게 수면에 좋은지부터 알고 싶은데 엄마는 의심하지 말고 일단 하라고 했다.

"천천히 숨을 들이쉬고, 내쉬세요."

유명한 요가 강사의 '하루 10분으로 불면 치료' 영상은 효과가 없었다. 그래도 몸을 쭉 폈다가 늘어뜨리는 게 나쁘진 않았다. 끝내고 나면 개운하지 않냐며 엄마가 내게 묻더니 금세 곯아떨어졌다. 사실 엄마는 머리만 대면 자기 때문에 별 차이가 없어 보였다.

엄마가 잠들면 나는 홀로 깨어 있었다. 처음에는 누워 있다 보면 잠이 올 거라 믿었다. 그래서 몇 시간이고 뒤척이면서도 침대에 있었다. 하지만 다섯 시까지 밤을 새우고 나서는 두 번 다시 그러지 않았다. 차라리 그 시간에 뭐라도 하는 게 나을 것 같아서 영화나 드라마도 보고 책도 읽었다. 눈에 모래를 넣고 박박 문댄 것처럼 아프면 그제야 침대에 누웠다.

왜 잠이 안 오는 건지 곰곰이 되짚었다. 내가 대필을 못하겠다고 생각했던 때. 그때가 시작이었다. 동시에 김영원의 일기를 봤을 때였다. 그래서 생각을 전환할 겸 대필을 시작하려다…… 도저히 글을 못 쓸 것 같다고 생각했다. 그래, 그때부터 잠을 못 잤다.

하지만 나한테는 써야 할 글이 있었다. 일기장을 받았으니 김영원의 유서를 써야만 했다. 그게 김지원의 조건이었다. 일기장을 받기 전만 해도 유서에 대해서는 별생각이 없었다. 여태까지 내가 대필한 글이 얼마나 많은데, 일기장만 받을 수 있다면 그깟 대필은 열 번도 더 할 수 있었다. 김영원을 알고 싶었으니까.

김지원은 왜 김영원의 유서가 필요한 걸까. 유서를 쓰는 게 왜 김영원을 위해 자신이 할 수 있는 일이라고 생각하는 걸까. 문득 나는 김지원에 대해서도 아는 게 없다는 걸 깨달았다.

약속은 약속이니까 써야만 했다. 하지만 내가 감히 김영원의 마지막 말을 만들어도 되는지 의문이었다. 일기장을 볼수록 내가 김영원을 잘 몰랐다는 것만 깨달았다. 그런데도 내가 친구라 할 수 있을까. 그 사실이 못내 서러웠다.

◉

"왜 이렇게 상태가 안 좋냐?"
"잠을 못 자서 그래."
김지원이 내 어깨를 두드려 깨운 게 벌써 다섯 번째였다. 김지원 말로는 머리를 좌우로 흔들어 대는 통에 깨울 수밖에 없다고 했다. 수학 선생님이 자애로운 분이라 망정이지 하마터면 교실 뒤로 쫓겨날 뻔했다. 쉬는 시간 내내 쪽잠을 자다가 수업 종이 울려서 일어났다. 나는 일부러 과장되게 몸을 흔들며 스트레칭을 했다.

"졸리면 서서 들어."

"난 조용히 자는 게 목표라서."

나 말고도 자는 애들이 많아서 목소리를 최대한 낮추고 말했다.

"그것 좀 안 잔다고 안 죽어."

김지원은 안경을 벗고 눈가를 지그시 눌렀다. 피로를 풀어 주는 자기만의 마사지라나 뭐라나. 내가 볼 때는 그것도 요가만큼 효과가 없어 보였다.

애들이 모두 쓰러져 자는 와중에도 김지원은 한 마리의 고고한 학처럼 앉아 있었다. 쉬는 시간에도 책상 앞을 뜨지 않았다. 꼿꼿한 자세로, 반듯하게 다려진 교복을 입고, 기계처럼 문제집을 풀었다. 친구가 없는 건 아니었다. 반 애들과 두루두루 친했고 친구들과 매점이나 운동장을 곧잘 가기도 했다. 다만 김지원이 먼저 나서는 일은 없었다.

김지원은 애들과 노는 걸 좋아하던 김영원과 전혀 달

랐다. 둘이 같이 있는 모습을 떠올리는 건 어색하기만 했다. 여태껏 지켜봤을 때 둘이 맞는 거라곤 하나도 없었다.

"오늘 밤에 농구할래?"

김지원은 샤프를 들고 크게 원을 그렸다. 농구와 김지원도 어울리지 않았다. 하지만 그 사이에 김영원이 들어간다면 그럴듯해 보였다.

"밤에?"

"어차피 잠도 안 자면서."

"못 자는 거거든."

"어쨌든. 잠 안 오면 나오라고. 뛰면 좀 낫더라."

"됐어."

그날 밤 이후로 나는 그 공원에 가지 않았다. 애초에 집에서도 멀었고 이유 없이 밖을 돌아다니는 것도 내키지 않았다. 사실 그때 튀겼던 공의 무게가 아직도 생생하다. 공을 가슴까지 끌어당긴 다음 팔을 쭉 뻗으면, 한 손으로 잡기에도 버거웠던 공이 포물선을 그리며 날아갔다. 김영원은 그런 감각을 좋아했던 걸까. 공을 튀기는 소리가 아득히 들려오는 듯했다.

웬일로 일찍 퇴근한 엄마는 요가 후 바로 잠자리에 들

었다. 나는 뜨끈한 물에 몸을 씻고 보습이 수면의 질을 좌우한다는 유튜버의 조언에 따라 로션도 듬뿍 발랐다. 전자레인지에 2분 30초 동안 돌린 우유도 반 컵 마셨다. 금방이라도 잠이 올 것 같은 기분이었다.

침대에 누워서 잠을 청했지만 한 시간이 지나도 정신은 말똥말똥했다. 아무리 생각해도 불면의 원인은 대필인 것 같았다. 대필하지 못하게 된 스트레스가 내 생각보다 큰 게 아닐까? 만약 대필을 계속할 거라면 언제까지고 쉴 수는 없다. 어떻게 하면 다시 글을 쓸 수 있을지 고민해야 했다.

예전에는 어떻게 글을 썼더라. 돌이켜보려고 노트북 앞에 앉았다. 여태 내가 쓴 글들을 꼼꼼하게 훑었다. 이전에 대필할 때는 답이 보였다. 의뢰인이 원하는 글을 파악하고 그 스타일에 맞춰 글을 썼다. 의뢰인이 아무리 모호하게 말해도 피드백을 받으면 무엇을 원하는지 알아챌 수 있었다.

시키는 글을 쓰는 건 어렵지 않았다. 사실 김영원의 유서도 똑같았다. 김지원이 시키는 대로, 원하는 대로 써 주면 그만이었다. 그런데 한 글자도 쓰지 못했다. 왜 이렇게 어려운 걸까. 답답한 마음에 키보드를 아무렇게나 두드렸다. 정리되지 않은 문자들 위로 빨간 줄이 길게 그어졌다.
 대필은 내 글인 동시에 내 글이 아니다. 그건 확실했다.

정말 많이 좋아해

숨을 깊게 내쉬었지만 갑갑한 기분은 가시지 않았다. 새벽 한 시가 조금 넘은 시간이었다.

"오늘 밤에 농구할래?"

김지원의 말이 고장난 카세트처럼 반복됐다. 이대로 누워 있어도 잠이 안 올 게 뻔했다. 공원까지 가볍게 산책이라도 해 볼까. 엄마가 잠귀가 어두운 편이라 다행이었다. 휴대폰과 후드집업을 챙기고 현관문을 나섰다.

아파트 단지에는 개미 한 마리 보이지 않았다. 주위 상점가는 불이 다 꺼졌고 도로 위를 오가는 차들도 뜸했다. 밤바람이 차가워 후드집업 지퍼를 목까지 올렸다. 처음에는 바람을 맞으며 느긋하게 걸었다. 내 몸에 달라붙어 있던 피로가 바람을 따라 떨어져 나가는 듯했다. 새벽 공기도 나쁘지 않네.

공원 근처까지 가자 괜히 주위 소리에 귀를 기울이게 됐다. 김지원의 말을 듣고 온 건 절대 아니다. 잠이 안 오니까, 산책하는 김에 여기까지 걸어온 것뿐이다. 공 튀기는 소리는 전혀 들리지 않았고 골대 앞에서 서성이는 남자애도 보이지 않았다. 설마 벌써 집에 갔나? 슬리퍼를 질질 끌며 공원 입구로 향했다.

"여."

내 발소리를 들었는지 누군가 골대 뒤편에서 일어났다. 순간 긴장이 되었다. 돌아보니 까만 후드티를 뒤집어쓴 김지원이 왼손에 농구공을 들고 서 있었다. 긴장이 풀려서 나도 모르게 웃고 말았다.

"안 온다면서 왔네?"

"지나가는 길에 들른 거야. 어차피 잠도 안 왔거든."

"뭐 어때. 공 한번 던질래?"

김지원은 어울리지 않게 까만 캡을 눌러쓰고 있었다. 모자챙 때문에 얼굴이 잘 보이지 않았다.

"한번 줘 보든가."

내 말에 김지원이 공을 넘겼다. 나는 농구공에 새겨진 김영원이라는 이름에 시선이 갔다. 반질반질한 주황색 공에는 아직 김지원의 온기가 남아 있어 미지근했다. 나는 행여나 공을 놓칠까 봐 양손으로 세게 움켜쥐었다. 공은 생각보다 무거웠고 지면에 닿자 사방팔방으로 튀었다. 공의 무게가 온전히 나에게 흡수되었다.

"힘으로만 하지 말고 부드럽게 움직이면서 해야지. 그러다 바닥 뚫리겠다."

김지원은 공 튀기는 법부터 알려 줬다. 손에 힘을 빼고 누른다는 느낌으로 해야 한다면서 몸소 시범을 보였다. 드리블을 배울 생각은 없었는데. 나는 그저 김영원이 공을 던지기 전에 바닥에 몇 번 튕겼던 것처럼 똑같이 해 보고 싶었을 뿐이다.

"이렇게 하고 슛을 하는 거지. 김영원 따라 하려던 거였지?"

그걸 들켰을 때는 좀 창피했다. 김지원의 말에 간신히 고개를 끄덕였다.

김지원은 그동안 밤새 농구 연습을 했는지 지난번보다

정말 많이 좋아해

훨씬 실력이 는 듯했다. 적어도 공을 대하는 게 어색해 보이지 않았다. 드리블도 잘하고 골도 잘 들어갔다.

"김영원이 농구 잘하는 거 진짜 부러웠거든. 못하니까 끼워 달라고는 못 하고 맨날 보기만 했어. 어떻게 하면 쟤는 저렇게 잘하나 싶어서. 쟤는 잘하는 걸 나는 왜 못하나 싶기도 했고."

김지원이 다시 한번 슛을 던졌다. 공은 힘차게 포물선을 그리더니 바스켓을 스치고 떨어졌다. 나는 농구장 안으로 뛰어 들어가 공을 잡았다. 아까보다는 공이 가볍게 느껴졌다.

김지원은 열이 나는지 모자를 벗었다. 이마에 흐른 땀을 옷소매로 닦아 내곤 다시 모자를 썼다. 김지원의 이마에 길쭉한 밴드 하나가 붙어 있었다.

"그건 왜 그래?"

"부모님이랑 한판 했어. 아, 이건 맞은 건 아니고 실수로 넘어지면서 박은 거."

김지원은 멋쩍게 웃었다. 이럴 때는 뭐라 반응해야 할지 잘 모르겠다. 손가락 두 개만 한 밴드는 별로 눈에 띄지 않았지만, 밴드 위로 빨간 피가 배어 나온 게 어쩐지 신경이 쓰였다.

"음료 마실래?"

김지원 말에 모른 척 고개를 끄덕였다. 김지원은 아파트 뒤에 있는 편의점으로 달려갔다.

난 골대 앞 벤치에 앉아서 공을 안고 김지원을 기다렸다. 공은 안고 있기 딱 좋은 크기였다. 팔을 뻗어서 공을 감싸고 있으면 품 안에 꽉 찼다. 그 풍만한 느낌이 좋았다. 어느새 편의점에서 돌아온 김지원이 음료를 내밀었다.

"먹어. 원래 땀 흘리면 이런 거 먹어야 해."

이온음료는 정신이 번쩍 들 정도로 차가웠다. 캔을 따서 입에 가져다 대자 짭짤한 맛이 확 느껴졌다. 김지원은 조용히 음료만 마셨다. 우리는 친한 사이도 아니고 의뢰로 묶인 관계다. 우리 사이에는 떠나 버린 김영원이 있었다. 그러니 떠들 화제가 없는 게 당연했다.

무슨 말이라도 꺼내 보려다가 이 상황이 그렇게 불편하지 않다는 걸 깨달았다. 나는 잠잠하게 바람 소리를 들으며 천천히 목을 축이는 데 집중했다. 그때 김지원이 말했다.

"나 사실 요즘 잠을 못 자. 매일 열두 시에 침대에 누워도 서너 시는 돼야 자. 꿈에 김영원이라도 나오는 날엔 잠을 설치고. 수면에 좋다는 영양제를 먹어도 그러니까, 엄마가 나보고 같이 병원에 가자고 하더라. 수면유도제라도 처방받자고. 그래서 싫다고 했어."

너도? 순간 쳇소리가 나오려고 해서 목소리를 삼켰다.

"애초에 영양제도 먹은 적 없어. 엄마가 주니까 먹은 척한 거지. 나는 그냥 김영원 생각이 나서 못 자는 거야. 개한테 미안하고 말고를 떠나서 그냥 누워 있으면 개 생각이 나. 집에서 욕만 먹었으면서 뭐가 좋다고 그렇게 맨날 웃었는지. 내가 제대로 대답도 안 해 주는데도 왜 맨날 형, 하면서 달라붙었는지. 나는 개가 왜 그랬는지 진짜 모르겠거든."

바보 같은 김영원. 밖에서는 넘칠 만큼 사랑받았으면서 뭐가 그렇게 고팠어? 뭐가 그렇게 아쉬워서 상처 주는 사람들한테 매달렸어? 가족이라서?

김영원은 가족 얘기를 자주 꺼내지 않았다. 가끔 댐이 터지듯 새어 나온 감정을 내비칠 뿐이었다. 그때 나는 아무 말도 하지 않았다. 김영원의 아픔이나 괴로움을 다 이해하지 못할 테니까. 나는 그저 가만히 그 말을 꾸역꾸역

흡수했다. 그걸로나마 김영원의 마음에 있는 염증이 사라지길 바라면서.

나 역시 김지원이 말한 그 웃음을 알았다. 방학 때 꾸준히 숙제를 한 덕분에 김영원은 레벨 테스트에서 좋은 성적을 받았는데, 그 소식을 들은 부모님이 엄청 기뻐하셨다면서 그 애가 방방 뛰었다.

"더 열심히 해서 자랑스러운 아들이 돼야지!"

김영원이 옥상 난간 앞에서 크게 외쳤다. 바람이 대답이라도 하듯 김영원의 교복 셔츠를, 이마를 반쯤 덮은 앞머리를 세게 날렸다. 햇볕이 따갑지 않게 내리쬐는 날이었다.

김영원은 강하게 불어오는 바람 사이로 웃음을 터뜨렸다. 내가 뭐라고 대답했는지는 기억나지 않는다. 할 수 있을 거라고 했던가. 아니면 이미 자랑스러운 아들이라고 했던가. 둘 다 김영원이 좋아할 만한 대답은 아니었다.

잊고 있던 기억이었다. 잔상이 생길 것 같아 눈을 느리게 감았다 떴다.

"네가 보기엔 나 진짜 쓰레기 같냐."

"아니라곤 못 하겠다."

"일기는 다 읽었어?"

"아직 두 장 남았어."

"금방이라도 읽을 것 같더니 왜 안 읽는데?"

"무서워서."

김지원은 허공을 바라봤다. 남은 일기는 두 장이었다. 당장이라도 읽고 싶었는데, 이제는 펼쳐 보기가 두려웠다. 내가 몰랐던 일들이 더 있을지도 몰라서.

"내가 김영원에 대해 잘 안다고 생각했는데 아무것도 몰랐던 게 너무 무서워. 난 걔가 제보한 줄 몰랐거든. 그 정도로 내가 작가가 되길 바라는지 몰랐어."

"걔가 제보한 건 화 안 나?"

"이제 와서 화내면 뭐 해. 걔가 없었으면 지금의 나도 없었을 텐데."

마음에 일던 파동이 서서히 사그라들었다.

김영원만은 내 편을 들어줄 거라 믿었는데 그러지 않아서, 그게 그냥 너무 섭섭하고 속상했다. 근데 내 마음을 솔직하게 말할 용기도 없었지만 누군가에게 그런 감정을 느껴 본 적도 없어서 당시에는 그게 섭섭한 건지도 몰랐다. 물론 그때 김영원이 제보했다는 사실을 알았더라도 똑같았을 거다.

김지원과 얘기를 하면 할수록 마음이 편안해졌다. 아무에게도 할 수 없는 말들이 술술 나왔다. 김지원이 손톱으로 휴대폰을 두드리며 말했다.

"그럼 됐고. 글은? 요새 아예 안 쓰는 것 같던데. 사이트에 하나도 안 올라오고."

그제야 김지원이 내 블로그를 알고 있다는 게 기억났다. 김영원이 사라진 후 대필에 대해 아는 사람은 한 명도 없었으니까. 누군가에게 대필과 관련된 일을 말하는 건 낯설었다.

"요새 글 쓰는 게 힘들어."

"왜?"

"잘 모르겠어. 대필은 그냥 계속하던 일인데. 계속 썼는데, 근데 못 쓰겠어. 안 써져, 그냥. 그래서 김영원······ 것도 늦어지는 거야."

유서라는 말은 입에 올리기에 너무 무거웠다. 원래의 나라면 이미 한참 전에 완성했을 텐데. 김영원의 유서를 쓰겠다고 했지만 정작 한 글자도 쓰지 못했다. 뭐라도 써 보려고 키보드에 손을 올리면 손가락이 붙어 버린 듯 꿈

쩍도 하지 않았다. 그 상태로 몇 시간이나 가만히 있었다.

"안 써지면 쓰지 마."

"그거 필요하잖아. 아니야?"

"괜찮아. 아직 한참 남았거든."

"언제까진데?"

"내가 제대로 잘 수 있을 때까지."

김지원은 이상한 대답을 하며 크게 웃었다. 학교에서 김지원이 낮잠을 자거나 조는 걸 본 적이 없는데. 다크서클이 짙게 내려와 있는 김지원의 얼굴을 보니 피로가 쌓인 듯했다.

"난 노력만 하면 안 되던 것도 되는 줄 알았어. 나는 그랬거든. 성적이 안 나오면 안 놀고 안 자면서 공부하고, 운동을 못하면 남들보다 두세 배로 하고. 그래서 뭐든 극복할 수 있을 줄 알았어."

"완전 옛날 사람 같아."

"그러게. 근데 그게 아니더라. 난 김영원이 노력을 안 하는 게 싫었거든. 나는 뭐든 발버둥 쳐서 얻는 건데, 걔는 아무 노력 안 해도 친구도 잘 사귀고 운동도 잘하고. 공부 좀 하나 싶으면 성적이 오르니까. 그런 주제에 노력도 안 하면서 징징거린다고 생각했지."

김지원은 잠시 멈췄다가 다시 말을 이었다.

"노력하는 건 좋지. 다른 사람이 시켜서 하는 게 아니라 자기가 하고 싶은 거라서 노력하는 거면. 그런데 노력하기 싫을 수도 있잖아. 걔가 자랑스러운 아들이 되려고 노력한 건 다 부모님을 위해서였어. 걔가 원한 건 하나도 없었어. 그러니까 걔가, 얼마나 힘들었겠어."

김지원의 목소리가 가늘게 떨렸다.

"그래, 그랬지."

"내 말은 음, 하고 싶을 때 하라고. 나한테는 유서가 필요하지만 너한테 강요할 순 없잖아. 나한테는 글 하나지만 너한테는 의미가 다를 테니까."

바람이 잔잔하게 불었다. 땀이 식어서 바람이 더 차가웠다. 지금 김지원을 바라보면 눈물이 터질 것 같아서 눈앞에 놓인 골대에 시선을 고정했다.

"진짜 잘 모르겠어."

"너 글 잘 쓰잖아. 그때 연주시 백일장에서 썼던 글, 나도 읽어 봤어. 재밌던데. 대필은 그만두고 네 글을 쓰면 되는 거 아냐? 뭘 쓰고 싶은지 한번 잘 생각해 봐. 나도 네가 작가가 되고 싶어 한다고 생각했거든."

"왜?"

"틈만 나면 도서관 가서 책 읽잖아. 지나가다 글 보이면 꼭 멈춰 서서 읽고 그러던데. 글 좋아하잖아, 너. 교지 편집부도 그래서 들어간 거 아냐?"

고개를 가로저었다. 그건, 그저 김영원이 한 말이 무슨 뜻인지 알고 싶어서 그랬던 것뿐이야. 김지원이나 김영원은 왜 내가 작가가 되고 싶어 한다고 생각하는 걸까. 내가 글을 좋아했던가? 잘 쓴 글과 못 쓴 글에 대해 생각한 적은 있지만 내가 글을 좋아하거나 싫어하는지에 대해서는 생각해 본 적이 없었다.

문득 고개를 들고 하늘을 봤다. 새까만 하늘에 구름이 유유히 움직이고 있었다.

"난 내일도 나올 거야."

그 말이 꼭 '너도 나와' 하는 초대로 들렸다. 김지원에게 공을 돌려주고 집으로 향하는데 어쩐지 손이 허전했다.

집에 돌아오자마자 가볍게 샤워를 했다. 수건으로 물기를 톡톡 닦았다. 큰방에서 엄마의 코 고는 소리가 들려왔다. 나는 도둑질하듯 뒤꿈치를 들고 살금살금 방으로 걸어갔다. 흡수되지 못한 보디로션 때문에 온몸이 미끈거렸다.

오랜만에 운동한 탓에 몸이 나른했지만 침대에 바로 눕지 않았다. 벽에 기대앉아 나 자신에게 질문을 던졌다. 나는 왜 대필을 하고 싶었지?

대필은 내가 살아 있다고 느끼게 했다. 내 자리, 나를 찾는 사람들, 돌아오는 보상. 내가 쓸모가 있는 사람이라는 게 기뻤다. 하지만 그 글 옆에 다른 사람의 이름이 있을 때면 우울했다. 내가 주인인데. 돈 몇 푼에 내 마음을 팔아 버린 게 속상했다. 나도 내 이름이 박힌 글을 갖고 싶었다. 그래서 몇 개 없는 글들이 더 소중했다.

그런데 그 생각은 김영원을 만나면서 사라졌다. 아쉽고 우울해도 내 글을 알아봐 주고 재밌다고 말해 주는 사람이 있으니까 그걸로 충분했다. 글을 쓰는 게 즐거웠다. 의뢰인의 열 줄짜리 피드백보다 김영원의 재밌다는 말 한마디가 좋았다. 그 말이 듣고 싶어서, 김영원이 재밌다고 해 주길 바라면서 글을 썼다. 분명 그랬다.

혼자 쓰는 글은 재미가 없었다. 이전과 다르게 '마음에 들어요', '감사합니다' 같은 말로는 만족스럽지 않았다. 그래서 쓸수록 마음이 닳았다. 기대하지 않게 되자 글을 쓰고 싶지 않았다. 누구를 위해 글을 쓰는지 알 수 없었다.

어쩌면 나에게 필요한 건 대필이 아닐지도 모른다는 생각이 들었다. 오랜만에 편안한 마음으로 침대에 엎드렸다. 뺨에 닿는 베개 감촉이 보드라웠다.

"너 김지원이랑 썸 타?"

빨간 콩나물무침이 입 밖으로 튀어나올 뻔했다. 그 말을 듣자마자 나는 어묵볶음으로 향하던 젓가락을 식판 위에 올려 뒀다. 맞은편에 앉은 친구가 두 눈을 반짝였다. 갑자기 김지원이랑 엮다니, 말도 안 되는 얘기에 어떻게 수습해야 할지 몰라 목을 가다듬었다.

"그게 도대체 무슨 소리야."

"걔 원래 맨날 공부만 하잖아. 근데 너랑은 얘기도 많이 하고 요즘 완전 친해 보이더라?"

"맞아. 애가 착하긴 한데 약간 벽이 있다고 해야 하나. 좀 거리 두는 게 있잖아. 너랑은 그런 거 없어 보여. 먼저 장난도 치고 그러던데."

이번에는 옆에 앉은 애가 내 어깨를 찰싹 때렸다. 머리가 아플 지경이었다.

반박할 수가 없었다. 나도 김지원을 그렇게 생각했으니까. 애들이랑 두루두루 잘 지내려고 애는 쓰는데 묘하게 거리감이 느껴졌다. 어느 정도 선을 정해 놓은 듯 본인도 넘어가지 않았고, 남들도 넘어오게 두지 않았다.

김지원이 대각선 테이블에 앉았다. 확실히 또래 남자애들에 비해 점잖은 편이기는 했다. 나와 눈이 마주치자 김지원은 숟가락을 흔들었다. 옆에서 "어머, 어머" 하는 여자애들의 탄성이 들렸다.

김지원과 나 사이에는 벽이 있으려야 있을 수 없었다. 서로 애초에 가장 큰 비밀을 드러내고 시작한 관계였다. 반 애들도 김지원이 외동인 줄 알았다. 이해가 안 되는 건 아니다. 김지원은 자신이 쌍둥이라는 걸 알리고 싶어 하지 않았다. 게다가 김영원이 죽었다는 사실은 더더욱 숨기고 싶었을 거다.

"죽었다 깨어나도 그럴 일 없어. 진짜 장담할 수 있어."

김지원도 그런 소문이 도는 걸 원할 리 없었다. 더 퍼지기 전에 잘라 내야만 했다.

"그럼 둘이 무슨 사이인데?"

우리 관계를 뭐라고 부를 수 있지? 줘야 할 것과 받아야 할 게 있는 관계? 아니, 그렇게 무미건조하지만은 않다. 남들에게 하기 어려운 말을 할 수 있는 관계? 그런 관계를 뭐라고 하더라…… 가끔 화가 나다가도 이해되기도 하고, 같이 있는 게 나쁘지는 않은 사이.

"친구."

헛웃음이 났다. 이 말을 찾지 못해 빙빙 돌았다.

"응, 친구. 친구지. 얘기하니까 편하더라."

"뭐야. 난 또 뭐라고."

전에는 김지원이 밉기만 했는데 이제는 마냥 밉지 않았다.

김지원이 애들과 웃으며 장난치고 있었다. 그러곤 그새 밥을 다 먹었는지 깨끗하게 비워진 식판을 들고 자리에서 일어났다. 그 순간 김지원과 눈이 마주쳤다. 이번에는 내가 먼저 손을 흔들어 보였다. 김지원의 입꼬리가 올라가 보이는 게 기분 탓은 아닐 거다.

◉

가을밤인데 풀벌레가 울지 않았다. 가끔 무언가 찌르르 울다가도 이내 조용해졌다. 나를 제외한 모든 것이 잠에 빠져 있는 듯했다. 혼자 밤을 지새우는 게 외로웠다. 그래서 아파트 단지 내에 있는 농구 골대를 찾았다.

그곳에서는 혼자가 아니었다. 농구공도 있고, 김지원도 있었다. 나는 두고 온 것들을 찾으려는 것처럼 농구 골대로 나아갔다. 골대 앞에 자리 잡고 설 때면 텅 빈 외로움이 채워지는 듯했다.

"서른 개 넣을 때까지 하는 거야."

"넌 집에 못 가겠다."

"내가 너보다 잘하거든?"

김지원이 코웃음을 쳤다. 김지원의 이마에 있던 밴드는 점점 작아지다가 이제는 손톱만 했다.

우리는 매일 개수를 정하고 공을 던졌다. 개수를 채울 때까지 돌아가지 않는 게 암묵적인 룰이었다.

"대회 같은 데 나가는 건 어때?"

공을 던지려는데 손에 힘이 풀려 버렸다. 공은 골대 근처도 가지도 못하고 추락했다. 통통 소리를 내며 공이 바닥을 굴렀다. 공을 쫓아 열심히 달렸다.

"무슨 소리야?"

"글 말이야. 그냥 막연하게 쓰는 것보다 목표를 정하면 좋을 것 같아서."

"쓴다고 안 했는데."

"일기는?"

"아직 안 읽었어."

김지원은 매일 일기를 읽었는지 물었다. 그때마다 내 대답은 한결같았다.

일기장을 읽을 때면 김영원이 내 곁에 있는 것 같았다. "정유시인" 하고 끝을 늘려 부르는 목소리가 귓가에 선명했다. 그런데 읽으면 읽을수록 내가 모르는 김영원을 알게 되는 게, 다 읽고 나면 김영원의 목소리가 사라져 버릴 것 같아서 무서웠다. 내 안의 김영원이 점점 더 희미해질까 봐 두려웠다. 아직 끝내고 싶지 않았다.

"야! 내가 이겼다?"

김지원이 골을 넣자마자 말했다. 우리는 공을 먼저 넣은 사람의 소원을 들어줘야 했다. 연습에는 동기가 필요하다며 김지원이 제안한 방법이었다. 가만히 있어도 못 자는 건 똑같다면서. 김지원의 요구는 주로 '음료수를 사라, 공을 열 개 더 넣어라, 나무 앞에서부터 벤치까지 뛰어라'와 같이 단순했다.

"아, 이번에는 뭔데?"

김지원한테 배운 대로 오른손을 잔뜩 끌어당긴 다음 골대를 향해 슛을 날렸다. 공은 경쾌하게 바스켓을 스치고 떨어졌다.

"이것만 들어갔으면 내가 이기는 건데."

나는 골대 밑으로 달려가서 얼른 공을 품에 안았다. 어깨가 뻐근해서 괜히 몸을 움직였다.

"정유신."

"이번에는 또 뭘 시키려고."

"내일까지 일기 다 읽어 와."

그 순간 정지 버튼을 누른 것처럼 모든 게 멈춰 버렸다. 일기도, 유서도, 모두 내가 잊고 싶어 했던 것들이었다. 답을 몰라서 미루기만 하던 것들이 이제 내 눈앞까지 다가와 있었다.

"도망치지 마."

김지원이 돌아가고도 날이 샐 때까지 공원을 맴돌았다. 새들이 지저귀고 사람들이 하나둘 아침을 맞이하러

밖으로 나오는 모습을 보고서야 집으로 걸음을 옮겼다.

나는 집에 와서 씻지도 않고 침대에 누웠다.

"해가 중천에 떴는데 안 일어나?"

엄마의 고함이 아니었다면 눈을 못 떴을 것이다. 주말인데 집에만 있으면 생각이 멈추지 않을 것 같았다. 그래서 나는 오랜만에 나가자면서 엄마를 꼬드겨 외식도 하고 쇼핑도 했다. 사람들 사이에 있다 보면 생각도 휩쓸려 어디론가 가 버릴 줄 알았는데, 틈이 날 때마다 김지원이 한 말이 떠올랐다. 내가 도망쳤다고? 무서웠다. 왜 김지원은 일기를 다 읽어 오라고 한 걸까.

"왜 이렇게 정신을 놓고 있어?"

"아냐. 이 옷 예쁘지 않아?"

"고등학생이 돼서도 아직 키가 크네. 안 그래도 전에 입던 건 좀 짧아졌더라. 하나 사자. 입어 봐."

엄마 말대로 나는 키가 컸다. 중학교 2학년 때 이후로 닫혀 있던 성장판이 이제야 열렸는지 교복 셔츠 소매가 짧아졌다. 엄격한 교칙 때문에 무릎 바로 위까지 오던 치마도 올라갔다.

"성숙해지는 거야."

짧아진 교복 치마를 수선집에 맡기던 날이었다. 엄마는 은근히 흐뭇해하며 말했다. 김영원도 키가 컸는데. 볼 때마다 콩나물처럼 훅훅 자라서 개학할 때 교복을 새로 맞췄다. 나랑 별로 키 차이가 안 나던 김지원도 계속 크고 있었다. 성장통 때문에 무릎이 아프다고 은근히 자랑하면서.

만약에 김영원이 살아 있다면, 지금쯤 성숙해졌을까? 안 그래도 큰 키가 더 컸을까? 웃을 때마다 생기던 애꿎 살은 더 진해지거나 연해졌을까?

"나 목마른데 뭐 마시면 안 돼?"

"뭐 마시게?"

"아아."

"웬일이래. 평소엔 쳐다도 안 보더니."

"필요해서 그래."

얼음이 들어간 음료를 먹고 나면 머리가 띵했고, 쓴 음료를 먹으면 인상이 찌푸려졌다. 그래서 아이스 아메리카노를 시켰다. 생각을 떨칠 수 있을 만큼 차갑고 머리 아픈 게 필요했다. 커다란 컵에 든 음료는 들고 있는 것만으로도 손이 아렸다. 노란 빨대를 입에 대자 씁쓸함이 몰려왔다.

혹시 김지원에게 연락이 올까 싶어 휴대폰을 수시로 확인했다. 그러나 휴대폰은 종일 잠잠했다.

하늘이 어두워지기 시작하자 마음이 불안했다. 읽어야 한다고 생각하면서도 여전히 무섭고 두려웠다. 일기장이 든 서랍 앞에 한참을 앉아 있었다.

지잉. 손 옆에서 진동이 느껴졌다. 김지원에게서 온 문자였다.

— 일기 보고 나면 나한테 할 말 많을걸
  기다릴 테니까 오고 싶을 때 와

시계는 이제 열두 시를 가리키고 있었다. 언제까지고 피할 수는 없었다. 일기를 읽고 김지원을 찾아가든가 해야지. 괜찮아. 이젠 혼자가 아니니까. 크게 숨을 내쉬고 서랍을 열었다. 일기장은 반듯하게 서랍 안에 놓여 있었다.

앞에서부터 천천히 일기장을 넘겼다.

202X. 12. 01.

오늘은 형 생일이다. 그러니까 내 생일이기도 하다. 그렇지만 내 생일은 10월 27일이다. 어릴 때부터 그랬다. 형 말로는 생일은 원래 한 명만 축하받아야 하는 날인데, 맨날 나랑 같이 축하받는 게 싫다고 했다.

나는 딸기케이크를 좋아하고 형은 초콜릿케이크를 좋아한다. 그래서 번갈아 가면서 케이크를 고르는데, 형은 그것도 싫다고 했다. 같이 초를 부는 것도 싫고 같이 선물 뜯는 것도 싫고. 싫은 게 참 많은 인간이다.

초등학교에 들어갈 때부터 나는 음력 생일을, 형은 양력 생일을 챙기기로 했다. 그래서 나는 10월생이고 형은 12월생이다. 형은 나랑 쌍둥이라고 소문나는 게 싫다면서 학교에서 아는 척도 하지 말라고 했다. 나도 그런 쓸데없는 관심은 질색이었다. 집에서도 비교당하는데 학교에서까지 성적으로 형과 비교당하고 싶지는 않았다. 우웩. 지금은 학교가 달라서 진짜 편하다. 고등학교도 다른 데로 가고 싶다.

생일에 딱히 의미를 두는 편은 아니지만, 그래도 뭐, 오늘도 내 생일이긴 하니까. 다른 애들한테는 비밀이지만 이날은 나한테 좀 잘해 주려고 한다. 숙제도 좀 미루고, 학원도 째고, 애들이랑 농구만 하고. 일 년에 생일이 두 번인 것도 나쁘진 않다.

오늘은 애들이랑 농구 좀 하다가 저녁에 정유신이랑 놀고 싶었는데! 정유신한테 말 걸었다가 대차게 무시당했다. 쪽지도 보냈는데 정유신은 펼쳐 보지도 않았다. 너무해. 아무리 건드려도 반응이 없는 걸 보니 시간이 좀 더 필요한 것 같다. 마음 넓은 내가 기다려 줘야지. 겨울방학 때 뭐 하면서 놀지 열심히 생각 중이다. 여태 안 논 거 몰아서 놀자고 해야지.

애들이랑 농구하려고 했는데 엄마한테 연락이 왔다. 생일이니까 다 같이 맛있는 거 먹으러 가자고. 학원엔 안 가도 된다고 했다. 안 그래도 쨀 생각이었는데 합법적으로 째니까 더 기분이 좋았다.

집에 갔더니 나 빼고 이미 나갈 준비가 다 끝나 있었다. 형이 사복을 입었길래 나도 옷을 갈아입으려고 했는데, 갑자기 엄마가 나보고 잠깐 앉아 보라고 했다.

"너 학원 또 빠졌다면서. 선생님한테 전화 왔어. 오늘 학원 숙제 했어, 안 했어?"

어이가 없었다. 원래 학원 숙제는 학원 가는 날에 학교에서 했다. 미리 해야 할 만큼 양이 엄청 많지도 않았고, 학원에 같이 다니는 애들이랑 농구하고 나서 숙제를 하면 딱 좋았다. 근데 오늘은 학원에 안 가도 된다고 했으니까 당연히 안 했다.

내가 안 했다고 했더니 엄마는 내 말이 다 끝나기도 전에 엄청 화를 냈다. 숙제 안 한 건 잘못이지만, 이게 그렇게 큰 잘못인 건가? 솔직히 잘 모르겠다. 학원 빠진 것도 지지난주에 빠진 건데. 지난주랑 이번 주는 안 빠졌는데.

"우리 나갔다 올 동안에 이거 다 풀어 놔. 갔다 와서 검사할 거야."

"아빠가 다른 거 바랐어? 숙제만 하라고 했지."

그러더니 날 집에 두고 갔다. 진짜, 두고 갔다. 나는 아직 교복도 못 갈아입었는데. 나 빼고 셋이서만 나갔다. 쾅, 하고 현관문이 닫힌 뒤로 한참 동안 세 사람의 웃음소리가 들렸다. 나만 없으면 행복하다 이건가. 나도 오늘 생일인데. 바보처럼 거실에 앉아 있었다.

근데 얼마 안 지나서 현관문이 다시 열렸다. '그래, 아무리 그래도 진짜 날 버리고 갈 리 없지. 옷 갈아입을걸!' 이렇게 생각하면서 기다렸다. 형이었다. 여느 때처럼 싸가지 없는 표정이었다. 날 한심하게 보는 얼굴.

"그거 하나 제대로 못 하냐? 너 때문에 분위기 파탄 났잖아. 왜 사냐, 진짜?"

형은 부엌으로 가더니 케이크 상자를 들고 나왔다. 엄청나게 큰 초콜릿케이크였다.

"누구 때문에 생일날 아빠 눈치나 봐야 하고."

 현관문이 닫혔다. 그러고는 진짜 아무도 안 왔다. 집은 순식간에 엄청 조용해졌다. 자기만 생일인가? 나도 생일인데. 혼자 있는 게 싫은 적이 없었는데 오늘은 좀 많이 외로웠다.

 좀 있으면 다들 집에 온다는 걸 알고 있다. 근데, 꼭 버림받은 것 같았다. 버림받은 줄도 모르고 주인만 기다리는 강아지처럼. 사실 나도 버림받았는데 모르는 게 아닐까. 그렇게 생각하니까 좀 무서웠다. 외로운 건 싫다. 그냥 애들이랑 농구나 하다 올걸. 괜히 집에 왔다.

 일기를 읽다가 중간에 몇 번이나 그만뒀다. 속에서 자꾸 무언가가 울컥했다. 방심했다가는 비명이 나올 것 같아 입을 틀어막고 혼자 숨죽여 울었다.

 김영원과 했던 대화들은 내 머릿속에 선명하게 남아 있는데, 이날만큼은 아무리 떠올려도 기억나지 않았다. 나한테는 정말 아무것도 아닌 날이었으니까. 여느 날과 똑같은 하루였다.

10월 27일이 김영원의 생일이라는 것도 난 당일이 되고서야 알았다.

10월 27일. 김영원이 교실에 등장하자마자 애들이 노래를 부르더니 케이크를 주고 사진을 찍었다. 칠판 구석에 애들이 생일 축하한다고 써 놓은 덕에 수업에 들어오는 선생님마다 생일을 축하했다. 나름 김영원과 친하다고 자부했던 때라 생일도 몰랐다는 게 섭섭했다. 원래 친한 애들끼리는 생일 선물도 사 주고 파티도 해 주는데, 김영원은 생일 전날까지도 아무런 티를 내지 않았다. 평소처럼 옥상에서 떠들고 놀다가 같이 햄버거를 먹은 게 다였다.

"왜 말 안 해 줬어?"

애들이랑 파티하기로 했다는 김영원을 옥상으로 불러내서 따졌다. 원래 축하만 해 줄 생각이었는데, 얼굴을 보자마자 섭섭함이 휘몰아쳤다.

"원래 생일 잘 안 챙겨. 중요하지도 않고."

김영원은 날 어르듯 말했다. 그러고 보니 친구들의 축하에도 김영원은 좋아하기보다 난감해 했다.

"그럼 갖고 싶은 거 말해 봐. 선물이라도 사 주고 싶으니까."

"소원권 하나 만들어 줘."

"그렇게 안 봤는데 진짜 유치하네……. 초딩도 아니고 소원권이 뭐야?"

"아, 진짜. 해 줘! 그렇게 어려운 것도 아니잖아! 종이에 딱 '소원권' 이렇게만 적어 주면 된다니까."

"귀찮아 죽겠네. 기다려 봐."

당장 갖고 있는 게 대필 초고를 적는 노트와 삼색 볼펜밖에 없었다. 노트 맨 뒷장을 펼쳐 크게 네모를 그렸다.

"빨간색으로 적으면 안 돼. 불길하니까 검은색! 검은색으로 적어 줘."

"쓸데없는 건 진짜 잘 믿는다니까."

"유효기간 없이 해 줘. 네가 먹튀하면 어떡해?"

"내가 그렇게 의리 없어 보여?"

"응. 완전 없어 보여."

김영원의 당부대로 소원권 밑에 '유효기간: 없음'이라고 또박또박 적었다. 그것 말고도 요구가 많았다. 어떤 소원이든 다 들어줄 것, 나중에 못 본 척하면 소원 열 개 더

들어줄 것, 먹튀는 절대 생각하지도 말 것.

네모난 모양에 맞춰 소원권을 열심히 찢었다. 나중에 가위로 잘라 주겠다고 했는데, 김영원은 무조건 여기서 받고 싶다고 억지를 부렸다. 소원권은 생각보다 더 볼품없었다. 그런데 손바닥만 한 종이를 본 김영원이 환하게 웃었다.

"도대체 무슨 소원을 빌려고 이러냐."

"비밀이거든! 원래 그런 건 물어보는 게 아니야."

"어차피 들어주려면 알아야 하는데."

"아 진짜. 그거랑은 다르지!"

내가 아무리 물어도 김영원은 소원을 말해 주지 않았다. 처음에는 모르겠다고 하더니 얼마 지나지 않아 비밀이라고 했다. 도대체 얼마나 대단한 소원을 빌려고 이러는지 궁금했다.

"내가 들어줄 수 있는 거긴 해?"

"노력하면 돼, 노력하면."

무슨 생각을 하는지 몰라도 김영원은 그렇게 대답했다.

일기의 마지막 장을 보려고 하니 마음이 유난히 무거

윘다. 다음 장으로 넘기려는데 손이 작게 떨렸다.

〈소원권〉

유효기간: 없음
정유신이랑 같은 학교 가게 해 주세요.

네모난 소원권은 왼쪽 페이지에 붙어 있었다. 투명테이프를 얼마나 많이 덧대어 붙였는지 소원권이 반사되어 반짝였다. 떨어지면 안 된다고 열심히 테이프를 붙였을 김영원을 생각하자 웃음이 나왔다.

뭐가 노력하면 돼. 이건 내가 해 줄 수 있는 게 아니잖아. 소원권을 이런 데 쓰면 어떡해? 다른 걸 빌었어야지. 화해하게 해 달라거나, 내가 대필을 그만두게 해 달라거나. 눈물 때문에 글씨가 흐리게 보였다. 일기장이 젖을까 봐 나는 얼른 소매로 얼굴을 문질렀다.

고등학교 원서 접수 기간은 12월이었다. 일주일도 안

되는 짧은 기간 동안 학교는 소란스러웠다. 그래 봤자 무작위로 배정돼서 우리가 할 수 있는 게 아무것도 없었는데도 긴장이 되었다.

김영원이 어느 학교를 쓰는지는 다른 애들 덕분에 쉽게 알 수 있었다. 나는 1지망만 김영원과 다르게 썼다. 김영원이랑 화해를 못 한 채로 같은 고등학교에 가는 건 싫었다. 나를 보고 웃지 않는 김영원을 볼 바에는 평생 안 보는 게 나을 것 같았다.

만약 김영원과 같은 학교에 못 가면 아쉽겠지만, 화해한 다음 그 아쉬움을 채우기 위해 노력하면 될 거라고 생각했다. 한편으로는 우리 사이에 거리가 생겨도 나쁘지 않을 거란 생각도 들었다.

솔직히 김영원만 생각하면 이성적으로 행동하는 게 힘들었다. 어린애처럼 칭얼대거나 투정 부리기도 하고, 김영원의 말과 행동 하나하나에 의미를 부여하기도 했다. 이제는 그러고 싶지 않았다. 김영원이 나를 지겨워할까 봐, 싫어할까 봐 무서웠다. 그래서 거리를 두고 싶었고 그래도 괜찮을 거라고 생각했다. 김영원은 나 말고도 친구가 많으니까 나 하나쯤 없어도 괜찮을 것 같았다.

그런데 아니었다.

사실 나도 버림받았는데 모르는 게 아닐까. 그렇게 생각하니까 좀 무서웠다. 외로운 건 싫다.

일기에 적힌 그 말이 나를 향하고 있는 것처럼 들렸다. 아니라고 말했어야 했다. 나는 진짜, 너를 버린 적이 없다고. 네가 있어서 내가 외롭지 않았다고 말했어야 했다. 고작 내 알량한 마음 때문에 김영원이 외로웠다는 사실이, 견딜 수 없을 만큼 서글펐다.

나 역시 외로운 게 싫었다. 텅 빈 교실도 싫었고 사람 적은 길거리도 싫었고 불 꺼진 집도 싫었다. 김영원이 옥상에 처음 왔을 때는 귀찮기만 했고 내 작은 세상의 침입자처럼 여겨졌다. 누군가 내 곁에 있는 게 익숙해지면 혼자 있는 게 더 싫어질 것 같았다. 그 사람이 떠나면 견딜 수 없을까 봐 무서웠다.

다른 사람도 아닌 김영원이 외로워하다니. 세상에 그 애만큼 다정한 애는 없을 텐데. 남의 외로움을 알아주고 곁을 지키는 사람이 이 세상에 몇 명이나 될까. 얘기하는 것만으로도 마음속에 햇살이 드리우는 것만 같은 사람이 몇 명이나 있을까. 김영원이랑 함께 있는 동안 난 단 한 번도 외롭지 않았다. 학교에 갈 때도, 옥상에 갈 때도 설레는 마음뿐이었다.

지이잉. 이불이 흔들릴 정도로 큰 진동이 연달아 울렸다. 김지원의 전화였다. 여섯 번 정도 울리던 전화는 끊어졌다. 그리고 다시 울렸다. 한참을 내려다보다 전화를 받았다.

"안 올 거야?"

평소보다 가라앉은 목소리였다.

"기다릴 테니까 편할 때 오라고 했던 건 진짜야. 마음대로 해."

"……어."

"그리고 깜빡하고 말 못 한 게 있어서. 김영원은 소원 지키려고 노력했어."

"무슨 소리야?"

"김영원이 마감 직전에 1지망 학교를 바꿨어. 그것 때문에 우리 집 난리 났었거든. 말 잘 듣던 애가 갑자기 집에서 40분이나 떨어진 학교로 간다고 하니까. 내 생각엔 그게 소원권 때문인 것 같아서. 너랑 같은 학교 가고 싶다고 했잖아."

백 미터 달리기라도 한 것처럼 심장이 빠르게 뛰기 시작했다.

"넌 알고 있어야 할 것 같아서. 끊을게."

한참 동안 휴대폰을 귀에 댄 채 멍하니 앉아 있었다. 그러다 손에서 힘이 빠져 휴대폰을 떨어뜨리고 말았다. 바닥과 서랍에 연달아 부딪힌 휴대폰은 구석으로 들어가 버렸다. 나는 그대로 바닥에 엎드려 엉엉 울었다.

왜 너는 나한테 모질지 못했어? 나는 네가 없다는 게 상상조차 되지 않아서 도망쳤는데, 왜 너는 날 마지막까지 포기하지 않았어? 도대체 내가 너한테 뭐였는데? 어떻게 넌 그럴 수 있었어? 내가 행여나 널 버릴까 두렵지 않았어?

김영원에게 닿지 못한 마음을 속으로 내뱉었다.

⊙

"좀 있으면 고등학생이야. 진짜 싫다."

"문장고는 매일 8시에 학교 와서 10시까지 야자한다더라. 미친 거 아냐?"

가을이 되자 우리는 고등학교 얘기를 자주 했다. 어느 학교는 아직도 두발 규정이 있다더라, 선도부가 무섭다더라, 체육복이 빨간색이더라 등등. 친구와 친구의 친구, 친구의 언니, 오빠, 사촌에게서 들은 얘기들을 동원해서 온갖 정보를 늘어놨다. 그때 우리의 관심사는 연애도, 공부도 아니라 오로지 고등학교였다.

어른들이 고등학생 때가 제일 재밌다고 하니까, 좋은 고등학교에 가는 게 제대로 된 인생을 시작하는 첫걸음처럼 느껴졌다.

"넌 어디 갈 거야?"

모자를 뒤집어쓴 김영원이 장난기 가득한 얼굴로 웃으며 물었다. 새로 샀다는 회색 후드티가 김영원에게 제법 잘 어울렸다. 후드티만 입고 다녀서 선생님에게 한마디 듣긴 했지만 곧 졸업할 3학년생을 크게 나무라진 않았다.

"경목고? 집에서 가까우니까."

그렇게 말하면서도 나는 김영원이 어디 갈지 궁금했다. 김영원이 집에서 가깝고 교복도 예쁜 연중고를 갈지,

분위기는 살벌해도 대학을 잘 보낸다는 문장고를 갈지는 학교 애들의 최대 관심사였다.

"거기 교복 구리잖아."

"문장고보다는 낫거든? 거기가 구리지. 경목고 정도면 나쁘지 않지."

괜히 발끈해서 따졌다. 실제로 경목고 교복이 나쁜 편은 아니었다. 가장 무난한 회색 마이에 남색 조끼, 파란 체크 치마였다. 넥타이 대신 있는 리본도 제법 깜찍했다. 그거에 비하면 문장고는 온통 노란색이었다. 니트도 치마도 넥타이도 노래서 호랑나비라고 불렸다.

"아니야. 잘 들어 봐. 네 퍼스널 컬러는 갈색이야."

갈색은 연중고 교복 색이었다. 어이가 없어서 헛웃음이 나왔다.

"넌 어디 갈 건데?"

"난 연중고가 가깝고 넌 경목고가 가깝잖아. 근데 두 학교 거리가 너무 멀어서 안 돼. 타협점을 찾자."

"왜 안 되는데?"

다른 애들이 어느 학교 갈 거냐고 물어도 김영원이 안 알려 준다길래 둘이 있을 때 물어본 거였다. 그런데 대답도 안 하고 빙빙 돌리는 게 짜증 났다. 안 알려 줄 거면 왜 물어보는데? 왜 나한테 연중고 교복이 잘 어울린다고 하는데? 김영원의 말이 무슨 뜻인지 알면서도 심술궂게 되물었다.

"너 없으면 나보고 어떡하라고."

김영원은 후드 모자를 벗고는 웃으며 대답했다. 내가 제일 좋아하는, 애굣살이 짙게 보이는 웃음이었다. 나긋한 목소리가 옥상에 울렸다. 할 수만 있다면 이 목소리를 저장해 두고 싶었다.

이제는 가만히 앉아 있어도 땀이 흐르지 않았다. 기온이 20도 전후를 돌아서 얇은 겉옷 하나를 입고 있으면 딱 좋았다.

"춥다. 좀 옆으로 가 봐."

우리 사이의 거리가 타일 네 개 반에서 타일 반 개로 줄어든 지 오래였다. 김영원이 옆으로 슬금슬금 다가왔다. 원래 김영원은 추위를 많이 타기도 했고 체온이 낮았다. 김영원의 어깨가 내 팔에 부딪쳤다. 미지근한 체온이 내 옆에 닿았다. 어깨부터 팔, 허벅지까지. 내가 옆으로 갈 수도 있었지만 그러지 않았다.

옅은 들꽃 냄새가 은은하게 풍겼다. 김영원은 춥다는 말을 반복하면서 몸을 둥글게 말았다. 후드티 사이로 보이는 목덜미가 빨갰다. 괜히 쑥스러워서 일어나려 하자 김영원이 내 팔을 붙잡았다.

"원래 제일 따뜻한 게 사람이래."

추우면 내려가자는 상식적인 말은 나오지 않았다. 내 왼팔과 김영원의 오른팔이 교차했다. 김영원은 내 손목을 약하게 잡았다. 가끔 움찔거리는 엄지손가락이 기분 나쁘지 않았다. 춥다면서도 내려가지 않고 한참 그러고 있었다.

김영원의 빨개진 귀에 대고 좋아한다고 속삭이고 싶었다. 무슨 일이 있어도 너랑 있으면 괜찮아진다고 말하고 싶었다. 하지만 나는 비겁했고 용기가 없었다. 조금만 더 그 순간을 만끽하고 싶었다. 전부 내 이기심 때문이었다.

옥 상 에 서   기 다 릴 게

창문을 두드리는 소리에 바깥을 쳐다봤다. 빗방울이 후드득 떨어졌다. 비 예보가 있었다. 새벽 내내 비가 내린다고 했다. 김지원이 밖에서 기다리고 있을 텐데. 그래도 비가 오는데 돌아가지 않을까?

빗방울은 점점 더 굵어지더니 소리가 경쾌할 정도로 강하게 내렸다. 김지원한테 전화가 왔을 때만 해도 하늘이 맑았으니까 우산이 없을지도 모른다. 내가 안 가면 김지원은 밤새 빗속에서 나를 기다릴까. 한 치 앞도 안 보이는 어둠 속에서 비를 맞고 있을 김지원의 모습이 떠올라 가만히 있을 수가 없었다. 일기장을 들고 거실로 나갔다.

신발장에 우산이 많았다. 이 집에는 두 사람만 사는데 우산은 여덟 개나 있었다. 어릴 때 쓰던 우산부터 초등학생 때 쓰던 레이스 우산, 엄마가 어디선가 받아 온 홀인원 기념 우산, 부처님 오신 날 기념 우산도 있었다. 그중에 새까만 우산을 집어 들었다. 김영원의 이름이 적힌 곳을 조심스럽게 만졌다. 비가 올 때 나에게 씌워 주면서 햇빛을 가리라고 건네준 우산이었다. 조용히 신발장을 닫은 뒤 우산을 옆구리에 끼고 집을 나섰다.

바닥에 물이 홍건했다. 슬리퍼가 물웅덩이에 닿을 때마다 물방울이 튀었다. 길이 미끄러웠지만 농구장으로 향하는 발걸음은 점점 빨라졌다. 바보같이 아직 있지는 않겠지.

"정유신."

김지원은 내 이름을 한 글자 한 글자 또박또박 불렀다. 김영원과 다르게. 농구공을 끌어안은 채 흠뻑 젖어 있는 김지원이 날 보고 반갑게 웃었다. 김지원의 안경에 물방울이 잔뜩 맺혀 있었다.

"환절기에 감기 걸리면 오래간다."

나는 툭 내뱉었다. 이 비슷한 말을 김영원이 나에게도

했었다. 이번에는 내가 김지원에게 손을 뻗었다. 나는 수건을 펼쳐서 김지원에게 건넸다. 살짝 닿은 김지원의 손이 얼음장처럼 차가웠다. 수건을 챙겨 와서 다행이었다.

"진짜 센스 있네."

김지원의 눈가가 새빨개져 있었다. 비가 점점 더 많이 내리기 시작했다. 나는 김지원의 손목을 잡고 근처 정자로 향했다. 비를 더 맞았다가는 감기에 걸릴 것 같았다. 김지원은 여전히 농구공을 끌어안고 있었다.

"이건 또 왜 그래?"

이마에 붙은 반창고가 무릎에도 붙어 있었다.

"요즘도 계속 못 자고 있거든. 어제는 진짜 잠이 너무 안 와서 그냥 안 잤어. 근데 오늘 아침에 계단을 내려가다가 잠깐 졸았던 거야. 계단에서 넘어져서 굴렀지 뭐."

"그 정도면 병원에 가는 게 낫지 않아?"

"안 그래도 그거 때문에 부모님이 엄청 화를 내셨어. 왜 자꾸 병원에 안 가려고 하냐고. 왜 이렇게 말을 안 듣냐면서, 이제 하나밖에 없는 아들이 속을 썩여서 너무 속상하대. 그 말 듣고 어땠을 것 같아?"

김지원은 드럼을 치듯이 제자리에서 드리블을 했다.

농구공 소리가 생각보다 가볍게 빗소리와 엇박자로 들려왔다.

"너무 싫어. 그게 뭐라고, 고작 그런 걸로 속상해? 차라리 내가 잠을 못 자는 게 다행이다 싶었어. 괴로울 수 있으니까. 앞으로도 병원은 안 갈 거야. 부모님이 괴로울 수만 있으면 뭐든 할 거야."

"야, 김지원."

"내가 김영원한테 그딴 식으로 굴었는데 쉽게 편해지면 안 되는 거잖아. 죄책감이든 뭐든 가져야지. 걔가 용서해 줄 만큼 괴로워야지. 근데 부모님은 나 때문에 속상하다는 말을 하는 순간마저 너무 멀쩡해 보이더라. 나는 매일 김영원 생각이 나서 미쳐 버릴 것만 같은데, 왜 그 사람들은 아무렇지 않게 웃고 먹고 잘 수 있지?"

"진정해. 너 지금 흥분했어."

"죽을 만큼 괴로워야지. 그렇게 아무렇지 않아서는 안 되는 거잖아."

아니라고 말해야 했는데 그러지 못했다. 나도 김지원과 똑같은 생각을 했다. 내가 김영원을 죽인 것과 다름없으니까 나는 행복할 자격도 없다고. 더 아파야 마땅하다고 생각했다. 그래서 때때로 김지원이, 그 부모님이 미웠다. 나만큼 아픈 것 같지가 않아서. 그렇게 사랑스러운 애가 떠났는데, 어떻게 그럴 수가 있는지 묻고 싶었다.

"난 말이야. 그래서 유서가 있으면 될 것 같았어. 유서에 부모님 때문에 너무 힘들다고, 그래서 죽을 것 같다고, 그렇게만 쓰여 있으면 부모님도 괴로워할 거라 생각했어. 유서를 보고 잠도 못 자고 밥도 못 먹으면 좋겠다고 바랐어. 아무렇지 않아 하는 게 너무 끔찍해서, 차라리 영원히 김영원만 생각하는 게 나을 것 같았어. 그걸 읽고 평생 마음에 새기면서, 자기들이 얼마나 나빴는지 되새기길 바랐어. 너랑 나만 괴로운 건 이상하잖아. 안 그래?"

"……왜 나한테 왔어?"

"말했잖아. 김영원에 대해 가장 잘 아는 게 너라고. 그리고 너도 나처럼 괴로워하고 있을 테니까. 그걸 이용하려던 건 사실이니까 미안해. 하지만 너밖에 없었어. 부모님은 이렇게 멀쩡한데 우리만 힘든 게 억울하잖아. 왜 우리만 그래야 하는데?"

그래서는 안 됐다. 그런 이유로 유서를 쓸 수는 없었다.

김지원은 울부짖었다. 평소와 다르게 흐트러진 머리

와 옷, 눈물인지 빗방울인지 모를 자국으로 가득한 얼굴. 나에게는 김지원이 그저 살고 싶은 사람으로밖에 보이지 않았다. 예전이었다면 김지원의 말에 동의했을지도 모른다. 내가 아프다는 게 괴로워서, 나 혼자 이런 게 억울해서. 하지만 이젠 답을 알았다.

"근데 너희 부모님이 힘들다고 해서 내가 안 힘든 건 아니잖아. 우리가 힘든 건, 우리가 김영원한테 잘못한 걸 알아서 그런 거잖아. 너는 김영원한테 못되게 굴어서 후회하는 거고, 나는 걔를, 걔를……."

더는 말을 잇기 힘들었다. 누구에게도 말해 본 적 없는 말이다. 죽을 때까지 입 밖으로 내뱉고 싶지 않기도 했다. 말이라는 건 힘이 있어서 입 밖으로 나오면 엄청 강한 힘을 가지니까, 정말 그렇게 될까 봐 무서웠다. 숨을 크게 들이쉬었다.

"죽을 걸 알면서도 외롭게 만들어서 힘든 거고."

김지원은 정말 아무것도 몰랐다. 김영원이 진짜, 부모님 때문에 죽고 싶어 했다는 사실을.

"그게 무슨 소리야?"

하얗게 질려 있는 김지원의 얼굴에 대고 내가 알고 있

는 진실을 읊었다. 소원 자물쇠와 김영원이 아무렇지 않게 내뱉었던 말, 그리고 사고가 나고서야 잊고 있던 말을 떠올렸다는 것까지.

드리블을 하던 손이 멈췄다. 동시에 계속 퍼부을 것 같던 빗줄기가 가늘어지기 시작했다.

"그런 생각을 하고 있는 줄 몰랐어."

"알아. 몰랐겠지."

"난 그냥, 부모님도 괴로웠으면 했어."

"응. 나도 그랬어. 사실 너도, 너희 부모님도 죽을 만큼 힘들길 바랐어."

"이제는 아니야? 전에는 내가 싫다고 했잖아."

일기를 읽을수록 김지원이 싫어진다고 말했던 게 떠올랐다. 그때는 분명 그랬다. 나 자신만큼 김지원이 미웠고, 김지원을 미워하면 내 마음이 조금이나마 편해지는 것 같았다.

"그렇게 생각하면 내가 편하니까."

고개를 세게 저었다. 김영원을 괴롭게 한 사람은 부모님이고, 그 옆에서 편들어 주지도 않았던 김지원도 마찬가지라고. 그런 식으로 생각하면 어느새 숨이 쉬어지는

옥상에서 기다릴게

것 같았다.

"처음에는 김영원을 잊고 싶었어. 걔만 생각하면 내가 너무 싫은 거야. 그래서 잊자고 생각했지. 어차피 내가 입만 다물면 우리가 친했던 건 아무도 모르니까. 근데 그렇다고 해서 있던 일이 없어지는 게 아니잖아. 난 김영원의 일기장이 갖고 싶었어. 도대체 김영원이 일기장에 무슨 말을 썼나, 어떤 생각을 했나 너무 궁금한 거야."

내 손에 있는 일기장을 세게 움켜쥐었다. 표지에 빗방울이 스며들어 축축했다.

"근데 일기장을 보면 볼수록 김영원이 보고 싶었어. 김영원을 너무 좋아해서, 죽고 싶을 만큼 미안해졌어. 내가 괴로운 건 김영원을 좋아해서 그런 거야. 그래서 나는 평생 괴로워하기로 했어. 김영원을 마음껏 그리워하고 좋아하고 괴로워하기로. 넌 어떻게 할 건지 잘 생각해 봐."

좋아하는 게 아니라면 이렇게까지 괴로울 리 없었다. 김영원과 비슷한 후드티를 입은 사람을 보면 한 번 더 뒤돌아보게 되는 것도, 들꽃 냄새가 나면 주위를 두리번거리는 것도, 농구공을 보면 저절로 손이 가는 것도, 내가 김영원을 좋아해서 그런 거였다. 그 마음을 이제야 제대로 마주 볼 수 있었다.

"네 말대로면 나도 생각보다 김영원을 더 많이 좋아한 거네."

김지원의 입꼬리가 희미하게 올라갔다. 하늘을 올려다보니 언제 비가 왔었냐는 듯 맑았다. 바닥에 있는 숱한 물웅덩이만이 비가 내렸다는 사실을 알려 주고 있었다.

이상하게 허기가 져서 편의점에 갔다. 길가에서는 젖은 흙냄새가 났다. 내가 좋아하는 비 온 뒤의 냄새였다. 신선한 공기를 들이마시자 몸이 가벼워지는 것만 같았다. 두꺼운 옷을 챙겨 왔으면 좋았을 텐데. 기온이 뚝 떨어져 온몸이 으슬으슬했다.

"얼어 죽겠다."

김지원은 눈에 보일 정도로 달달 떨었다. 손으로 양팔을 마구 문지르면서 편의점에 들어갔다. 편의점 직원은 의심쩍은 눈으로 우릴 훑었다. 새벽 세 시에 돌아다니는 고등학생이라니, 그렇게 보는 것도 당연했다.

"나랑 김영원이 쌍둥이인 걸 알면 다들 뭐라는 줄 알아? 안 닮았대. 신기하다고 그래."

음료 냉장고는 맨 안쪽에 있었다. 과자가 놓인 매대를 지나 안쪽으로 들어갔다.

"김영원이야 학교에서 모르는 애들이 없잖아. 친구도 많고 키도 크고 인기도 많고 운동도 잘하고. 어른들도 김영원만 찾고 김영원만 좋아하고. 부러운 걸 넘어서 질투가 났어. 우린 쌍둥이인데, 쟤는 왜 저렇게 다 잘하고 나는 왜 아무것도 못하는지."

김지원은 주저 없이 이온음료를 골랐다. 나도 음료 냉장고를 살폈다. 그곳에 익숙한 음료가 보였다. 김영원이 울었을 때 내가 사다 줬던 캔 음료. 때마침 원플러스원 행사를 하고 있어서 두 개를 꺼내 들었다.

"그런 걸로 비교하면 안 되지."

"아는데도 그런 생각밖에 안 들었어. 어딜 가도 내가 김영원의 들러리가 되는 것 같았거든. 생각보다 되게 비참해. 들러리가 되려고 태어난 것 같았으니까."

새벽에 물건들이 들어왔는지 매대에 삼각김밥이 가득 차 있었다. 김지원은 손에 잡히는 대로 장바구니에 던져 넣었다.

날이 그렇게 쌀쌀한데도 어쩐지 아이스크림이 생각났

다. 입안에 감기던 끈적끈적함이 떠올라 김지원을 냉동고 앞으로 이끌었다. 내가 집어 든 건 피스타치오 맛이었다. 피스타치오 맛 아이스크림을 찾으려고 오른팔을 희생했다. 냉동고 바닥을 열심히 뒤졌더니 오른팔에 감각이 없는 듯했다.

우리는 아이스크림을 입에 하나씩 문 채 정자로 향했다. 아이스크림을 한입 베어 물자 내 안의 불쾌함이 입안에서 살살 녹아 내렸다.

"그게 맛있어?"

"은근히 중독되는 맛이거든."

김지원은 허 참, 하고 웃었다. 조금 들떴던 목소리는 다시 낮게 가라앉았다.

"언제부터인가 부모님이 김영원을 차별하기 시작한 거야. 관계가 반전됐지. 밖에서는 아이돌 같은 김영원이 집만 오면 무능하고 한심한 아들이 됐으니까. 처음에는 부모님이 심하다고 생각했어. 근데 진짜 웃긴 건, 김영원이 한심할수록 내가 잘난 아들이 되었다는 거야. 그래서 잘난 아들로 남기로 했어. 들러리도 되기 싫고 덤도 되기 싫었으니까. 그러다 보니까 김영원이 혼나는 게 당연해지더라."

"잘못한 것도 없는데 혼나는 게 당연할 리 없잖아."

"맞아. 그걸 너무 늦게 알았어."

정자가 보이자 김지원은 나를 제치고 앞서 달려갔다. 그러다가 큰 물웅덩이를 밟는 바람에 빗물이 마구 튀었다. 그 탓에 내 바지 밑단이 축축해졌다.

"배고파 죽겠어. 얼른 와."

김지원은 음료를 먼저 꺼낸 다음 봉지를 거꾸로 뒤집어서 탈탈 털었다. 과자와 삼각김밥이 와르르 떨어졌다. 김지원이 내게 삼각김밥을 건네줬다. 포장지에 '풍미가 강한 참치마요'라는 문구가 적혀 있었다.

"전주비빔이 좋은데."

"야. 당연히 둘 다 샀지. 그거 먹고 전주비빔 먹어."

"너 진짜 똑똑하다."

"땡큐."

비닐의 끝을 잡고 한 바퀴를 빙 돌렸다. 삼각김밥 포장지가 순식간에 반으로 갈라졌다. 우리는 허겁지겁 삼각김밥을 먹었다. 몇 입 먹지도 않았는데 삼각김밥이 금방 사라졌다. 그건 김지원도 마찬가지였다. 나보다 늦게 포장지를 뜯었는데 김지원은 이미 빈손이었다. 눈이 마주치자 웃음이 나왔다.

"울고 나면 원래 배고프대."

울어 본 적이 별로 없어서 그 말이 맞는지 잘 모르겠지만, 김지원은 똑똑하니까 믿어 보기로 했다.

우리는 삼각김밥 두 개와 과자 한 봉지를 다 비우고 나서 정자에 누웠다.

"아직 차가우니까 부기 좀 빼."

노란 나무 천장만 보이던 시야에 파란 캔 음료가 불쑥 나타났다.

"이런 건 어디서 배웠어?"

"김영원이 전에 나한테 해 줬어."

"좋은 거 배웠네."

음료 캔에 물방울이 맺혀 있었다. 사 온 지 꽤 됐는데도 아직 냉기가 남아 있었다. 옆을 보자 김지원이 눈 주위를 캔으로 문지르고 있었다. 나도 캔을 눈에 가져다 댔다. 내가 김영원에게 해 준 적이 있지만, 정작 난 한 번도 해 본 적 없었다. 비명이 절로 나올 정도로 눈이 시렸다. 속눈썹 쪽은 욱신거리는 것 같기도 했다. 김영원이 어떻게 이걸 한동안 눈에 대고 있었는지 의문이었다.

"너무 오래 대고 있으면 나중에 눈 시리니까 적당히 하고."

분명 저건 경험에서 우러나온 조언이었다. 눈이 홧홧해지자 얼른 눈에서 음료를 떼어 냈다. 음료를 쥔 손끝이 살짝 아려 왔다.

해가 뜨기 시작하자 김지원은 날 집 앞까지 데려다줬다. 밤을 새운 탓에 다크서클은 더 짙어졌고 몸이 뻐근했다. 그럼에도 마음만은 홀가분했다.

"유서는 됐어. 나도 너처럼 되고 싶어졌으니까. 부모님이랑 한번 얘기해 보려고."

김지원은 무언가를 흘려보낸 사람처럼 씩씩했다.

"너한테 사과할 게 있어."

"뭔데?"

"처음에는 김영원 형이라고만 생각했어. 그래서 널 김영원이랑 비교하고, 그러면서 김영원을 많이 떠올린 것 같아. 근데 이제는 아니야. 넌 그냥 김지원. 김영원 쌍둥이 형 말고, 우리 반 반장이고 공부도 잘하고 내 친구인 그냥 김지원이야."

"그게 뭐야. 진짜 이상하잖아."

김지원은 이상하다는 말을 연발하면서도 계속 웃었다. 부기가 덜 빠진 눈이 가늘어져 있었다.

그날은 말도 안 될 정도로 푹 잠들었다. 여태 못 잔 잠을 몰아서 자려는 것처럼 아침 여섯 시에 잠들어서 오후 네 시에 눈을 떴다. 그날도 그다음 날도, 가끔 밤을 설치는 날은 있어도 이전처럼 못 자는 일은 없었다.

◉

"이게 뭐야?"

월요일 아침, 학교에 왔더니 의자 위에 하얀 쇼핑백이 놓여 있었다. 그 안에는 책이 가득 담겨 있었다.

"원래 유서 다 쓰면 주려던 건데…… 안 쓰기로 했으니까 가져왔어. 걔가 너한테 남긴 거야. 소설책을 몇 권 샀더라고. 책꽂이에 처음 보는 책들이 있어서 놀랐어. 걔는 책을 안 읽으니까 당연히 부모님 건 줄 알았지."

"책?"

뜬금없었다. 김영원이 내게 남긴 물건이 있다고? 그것도 책을?

"그거 전부 네 거야. 표지 안쪽에 쪽지가 있더라고. 주인 찾아 주려고 본 거니까 오해는 하지 말고."

중학생 때는 틈만 나면 도서관에서 책을 읽었다. 작가들을 부러워하고 질투하면서 내가 이런 글을 쓸 수 있을지 속으로 가늠했다. 그렇지만 나에게 독서는 시간 때우기에 불과했다. 김영원은 그런 날 특이하게 여겼다.

"어떻게 사람이 책을 보고 싶을 수가 있어? 세상에 재밌는 게 얼마나 많은데!"

김영원과 책은 지구와 해왕성만큼이나 거리가 멀었다. 그 애는 문제집이 네 글만큼만 잘 읽히면 백 점을 받을 거라는 말을 입에 달고 살았다.

김지원이 얼른 챙기라는 듯 쇼핑백을 내 쪽으로 밀었다. 나는 쇼핑백에서 책을 한 권씩 꺼냈다. 책은 총 다섯 권이었다. 처음 보는 책도 있었고 서점에서 몇 번 본 책도 있었다. 김영원이 나를 위해 책을 샀다는 건 어쩐지 낯간지러웠다. 맨 위에 있는 책은 어둠을 향해 걸어가는 인물이 표지 한가운데를 장식하고 있었다. 작년 초에 출간된

베스트셀러였다. '문학계의 새로운 발견'이라는 문구에 끌려 도서관에서 빌려 읽었던 기억이 났다. 표지를 넘기자 김영원의 글씨가 보였다. 볼펜 눌린 자국이 선명했다.

책 읽을 때면 내 말에 대답도 안 하면서 맨날 책 안 좋아한다고 그러는 정유신. 거짓말하는 거 다 티나. 난 원래 서점은 잘 안 가는데 너 기다리다가 샀어. 내가 점원한테 추천해 달라고 그랬는데 무슨 책 좋아하냐고 묻더라. 할 말 없어서 그냥 네 얘기했어. 글 쓰는 것도 좋아하고 책 읽는 것도 좋아해서 나중에 작가가 될 거라고. 재밌는 거 추천해 달라고 그랬더니 이거 주더라. 그래서 한번 사 봤다 ㅋㅋ 빨리 좀 와~!!

얼른 다음 책을 펼쳤다.

버스를 잘못 타서 너무 일찍 왔어. 기다릴 때마다 이제 한 권씩 사 보려고. 이번에는 추리물로 샀다? 맨날 네가 읽는 작가 거 있잖아. 그 작가랑 비슷하게 재밌는 책이 있다고 점원이 추천해 줬어. 정유신, 언제 와?

옥상에서 기다릴게

나 서점 VIP 될 듯. 점원이 이제 네 이름도 알아. 말할 생각은 없었는데 그렇게 됐다 ㅋㅋ 아직도 뭘 사야 할지 몰라서 처음으로 표지만 보고 사 봤거든? 점원 말로는 유명한 로맨스 소설이래. 나도 궁금하니까 빨리 읽고 무슨 내용인지 알려 줘. 기다릴게.

오늘 정유신 레전드. 늦잠 자는 바람에 이제 나오는 중이라고 함. 난 누구랑 다르게 잘 기다리니까 ㄱㅊ 심심해서 읽어 봤는데 역시 네 글이 더 재밌어. 요새 왜 글 안 써? 빨리 와, 바보야!!

내가 널 기다릴 수 있는 게 좋아.
그래도 빨리 왔으면 좋겠다. 보고 싶어.

나도 보고 싶어.
닿지 않을 대답을 했다. 맨 처음 책만 꺼내 놓고 다른 책은 가방 안에 집어넣었다.
김영원은 약속 시간보다 적어도 십 분, 빠르면 삼십 분 일찍 나왔다. 어렸을 때부터 부모님께 남의 시간을 귀하게 여기라는 말을 귀 아플 정도로 들었다고 했다. 그래서 남한테는 관대했지만 자기가 늦는 건 끔찍하게 싫어서 약속 장소 주변에서 시간을 보냈다.

"기다리는 게 좋아. 그 말 있잖아. '네가 오후 네 시에 온다면 나는 세 시부터 행복해질 거야'라는 말. 그게 무슨 말인지 알 것 같아."

내가 늦을 때면, 김영원은 기다리는 게 좋다는 이상한 말을 했다.

"네가 옥상에서 기다리는 거랑 비슷해."

그 말에는 조금 공감이 갔다. 김영원을 기다릴 때면 지루함보다는 설렘이 컸다. 문을 열고 들어오면 어떻게 놀라게 해 줄지, 오늘은 또 무슨 얘기를 할지 생각하다 보면 시간이 금방 갔다. 기다림이 길수록 반가움도 더 커졌다.

온종일 김영원이 준 책을 읽었다. 다음 날도, 그다음 날도 계속 읽었다. 책이 궁금한 적은 별로 없었는데 너무 궁금했다. 어떤 내용인지, 어떻게 말해야 김영원이 재밌다고 해 줄지. 그래서 열심히 읽었다. 재밌는 책도 있었고 재미없는 책도 있었다. 그래도 포기하지 않고 읽었다.

한 권을 읽을 때마다 느낀 점을 썼다. 누가 나한테 시키지도 않았고 부탁하지도 않았다. 써야겠다는 생각으로 읽은 것도 아니었다. 책을 읽고 나니까 하고 싶은 말이 많았다. 내가 이렇게 읽고 느꼈다는 걸 남기고 싶었다. 언제든 김영원에게 이야기해 줄 수 있도록.

형식이나 분량, 문체도 신경 쓰지 않고 마음대로 썼다. 이런 결말이 나을 것 같다, 주인공의 행동이 이해되지 않는다, 이 문장은 너무 좋았다 등 하고 싶은 말들을 하기 시작하자 멈출 수가 없었다.

특히 로맨스 소설의 주인공은 어찌나 그렇게 바보 같은지. 솔직해서 상처받았고 마음을 줘서 아파했다. 나라면 그러지 않았을 거라는 생각이 들었다. 그렇지만 주인공은 누군가를 사랑하는 걸 그만두지 않았다. 나는 그 용기가 부럽다고 솔직하게 썼다.

손글씨로 글을 쓴 건 오랜만이었다. 요즘은 계속 노트북으로만 썼으니까. 첫 부분은 또박또박 적다가 뒷부분은 속도를 이기지 못해서 글씨를 갈겨썼다. 쓸 때는 몰랐는데 나중에 보니 글자가 반은 일자로 적혀 있고 반은 하늘을 향해 질주하고 있었다. 내가 쓴 글을 읽고 또 읽었다. 검수하기 위해서가 아니다. 그저 신기했다. 오롯한 내 글은 이렇게 생겼구나. 제목 옆에 내 이름을 적었다. 1학년 2반 정유신. 제법 근사해 보였다.

다섯 편의 감상문을 썼는데, 대필이 끝나면 항상 느껴지던 허무함이 없었다. 오히려 속 시원했다. 이런 기분이면 몇 편이나 더 쓸 수 있을 것 같았다. 글을 쓰면 쓸수록 나 자신이 닳고 있다고 생각했는데, 이번엔 그 반대였다. 쓸수록 무언가가 샘솟았다. 그것만으로 충분했다.

감상문들은 해당 책에 꽂아 놨다. 밥을 먹지도 않았는데 배가 불렀다.

노트북을 켜고 블로그에 들어갔다. 내가 올려 둔 공지가 보였다.

한동안 대필을 쉽니다.

글쓰기 버튼을 누른 뒤 새로운 공지를 올렸다.

더 이상 대필 의뢰는 받지 않습니다.

공지를 쓰는 건 쉬웠다. 이전에 올린 글들은 다 비공개로 전환했다.

 나에게 필요한 건 대필 일이 아니었다. 내 글을 읽어 줄 단 한 명의 독자였다. 재밌다는 말 한마디면 힘이 났다. 김지원이 지나가듯 재밌다고 한마디를 해 줬을 때 오랜만에 심장이 크게 뛰었다. 김영원의 말이 거짓이 아니라는 안도감이 들었다.

 아무리 노력해도 난 남의 이야기를 대신할 수 없었고 그 사람이 될 수도 없었다. 정말 남의 이야기만 썼다면 다른 사람의 이름이 적힌 글을 보고 살점이 떨어져 나가는 기분을 느끼지는 않았을 거다.

 결국 나는 대필을 하면서 내가 할 수 있는 만큼 내 얘기를 했던 셈이다. 더 이상 그러고 싶지 않았다. 남의 이야기를 대신 쓰면서 내 삶을 팔고 싶지 않았다. 김영원의 말대로 그 글 역시 내 글이었으니까.

 작가가 되고 싶은지는 솔직히 아직 잘 모르겠다. 그래도 글을 통해 얻고 싶은 게 있었다. 재밌다는 말이 듣고 싶었다. 그 한마디만 누가 해 준다면 얼마든지 글을 쓸 수 있을 것 같았다. 무슨 글을 쓰고 싶은지는 천천히 생각해 볼 거다.

◉

"문장을 좀 간결하게 써 봐. 그리고 여기. 김영원이랑 네 관계에 대한 설명이 필요할 것 같은데. 지금은 너무 추상적이야."

"이게 몇 번째 수정인 줄 알아? 못 해, 못 하겠어."

"그래도 재밌어. 눈에 확 띄기도 하고."

"너만 아니었어도 이러고 있을 일은 없을 텐데."

"그래서 책임지고 도와주고 있잖아."

웃는 얼굴에 주먹이라도 날리고 싶은 심정이었다. 김지원이 나 몰래 신청서를 낸 덕에 교내에서 열리는 에세이 대회에 참가하게 됐다. '나의 이야기를 해 보자'는 취지의 대회로, 줄여서 '나이해'라고 불렸다. 이번 주제는 '추억'이었다. 추억에 관해 A4 한 장 분량의 에세이를 제출해야 했다.

김지원이 대뜸 에세이를 쓰자고 달려들어서 얼마나 당황했는지. 신청을 취소해 달라고 사서 선생님께 찾아가기도 했는데, 그러기엔 너무 늦었다며 정 싫으면 백지라도 내라고 했다. 백지를 내는 건 내 자존심이 허락지 않았다. 그래서 김지원은 책임을 지겠답시고 내가 글을 써 올 때마다 꼼꼼하게 피드백을 해 줬다. 이번이 벌써 다섯 번째 수정이었다. 내일이 마감인 걸 잊은 게 분명했다.

"처음은 네 얘기부터 써. 네 얘기를 하는 게 익숙해지면 그때부터 이야기를 만들어 봐."

"내 얘기가 제일 어려운데."

"나한테 말한다 생각하고 써 봐."

김지원의 조언을 토대로 말하듯이 글을 썼다. 내가 선택한 건 편지 형식의 에세이였다. 김영원에게 보내는, 우리가 같이 보낸 여름에 대해서. A4 한 장은 많다고 생각했는데 오히려 글자 수가 너무 많아서 줄여야 했다. 쓰는 것도 힘든데 줄이는 건 더 힘들었다. 이게 진짜 김영원에게 보내는 편지도 아닌데, 어떤 내용을 빼고 넣을지 고민이 됐다.

난 네가 줄곧 보고 싶었어. 계속, 계속 보고 싶었어. 나 어릴 때 진짜 놀림 많이 당했거든. 이름이 정유신이니까 애들이 맨날 김유신이라고 놀렸단 말이야. 그래서 어른이 되면 이름을 바꾸려고 했어.

근데 네가 불러주니까 기분 좋은 거 있지. 내 이름이 그렇게 예쁜 줄 처음 알았어. 네가 하도 많이 불러서 이제 내 이름만 떠올려도 네 목소리가 같이 따라와. 평생 잊지 못할 것 같아.

내 글에서 가장 좋아하는 부분이었다. 그 부분이 나올 때까지 읽으면서도 기대가 됐다. 아주 오랜 시간이 흘러 김영원의 목소리를 잊는다고 해도 이 글을 보면 김영원이 날 부르던 순간을 떠올릴 수 있을 것 같았다. 그거면 됐다.
"아, 그거 도착했어."
"내가 찾던 색이야! 이걸로 하길 잘했다, 진짜."
김지원은 가방에서 동그란 자물쇠를 꺼내어 내게 건넸다. 민트색이어도 초록색이 더 많이 섞인 걸 찾느라고 애를 먹었다. 김지원은 아무거나 하면 안 되냐고 화를 내기도 했지만, 이것만큼은 나도 양보할 수 없었다. 내가 고른 동그란 자물쇠는 꼭 피스타치오 맛 아이스크림 같았으니까. 해외 직구 사이트까지 뒤져서 간신히 찾아낸 자물쇠는 내 손에서 영롱하게 빛났다.

"자. 생일 선물."

나도 김지원에게 선물을 건넸다.

"이게 뭐야?"

"영양제 좀 샀어. 먹으라고."

"요즘 괜찮다니까. 어쨌든 잘 먹을게. 땡큐."

김지원이 하얀 병을 흔들자 그 안에 든 영양제들이 마구 날뛰었다. 김지원은 여전히 일주일에 한 번은 밤을 새웠다. 본인 말로는 요즘에는 좀 나아졌다는데, 그래도 피곤해 보였다. 김지원의 불면이 사라지길 바라는 마음에 수면에 좋다는 영양제를 선물로 줬다.

"버스 거의 다 왔어. 두 정거장 전."

"어. 가방만 챙기고 나가자."

김지원의 생일이자 김영원의 생일을 축하할 겸 그때 달지 못한 소원 자물쇠를 달기로 했다. 김영원을 그리워할 날은 기일보다는 생일이었으면 했다. 김영원이 사라진 걸 슬퍼하기보다 김영원이 있었던 걸 축하하고 싶었다. 중학교 옥상에 가서 김영원의 몫까지 자물쇠를 달 생각이었다. 원래는 혼자 갈 예정이었는데 김지원도 같이 가고 싶다길래 마음대로 하라고 했다.

버스에 빈자리가 별로 없어서 김지원과 앞뒤로 앉았다. 의자에 앉기 무섭게 버스는 도로를 질주했다.

졸업한 이후로 중학교에 가는 건 처음이었다. 스승의 날을 맞이해 선생님을 찾아가는 애들도 있었다. 하지만 나는 학교 근처도 지나가지 않았다. 학교에 가면 옥상으로 달려갈 게 뻔했다. 페인트칠이 벗겨진 회색 문을 열고 들어가면 그곳에서 김영원이 날 기다릴 것만 같았다. 그곳에 김영원이 없으면 세상 어디에도 김영원이 없다는 게 실감 날 것 같아서 가고 싶지 않았다.

"우원중학교, 이번 정류장은 우원중학교입니다."

안내방송이 울리자 벨을 눌렀다. 익숙한 풍경이 눈에 보일수록 가슴이 옥죄여 왔다. 이제 진짜 학교에 갈 시간이다.

정문에 경비원이 없어서 학교에 들어가는 건 어렵지 않았다. 나는 운동장을 가로질러 달렸다. 겨울이라 그런지 학교가 을씨년스러웠다. 신관 앞에 서서 느긋하게 걸어오는 김지원을 기다렸다.

"학교에 농구장이 있네."

김지원은 농구장 앞에 잠시 멈춰 섰다. 김영원이 매일

뛰어다니던 곳이었다.

김지원은 더 이상 농구 연습을 하지 않았다. 슛도, 드리블도 매일 연습했는데 실력이 늘지 않았다. 김지원은 이제 됐다며 포기했고 그 대신 얼마 전부터 탁구를 시작했다. 작은 공에 온 신경을 집중하는 게 탁구의 묘미라며 나에게 같이하자고 제안했지만, 나는 딱 잘라 거절했다. 운동은 내 취향이 아니다.

"버리고 가기 전에 빨리 와라."

"오늘 내 생일이기도 한데 너무 각박하게 굴지 말자. 팍팍하게. 어?"

"됐거든."

운동화를 벗어서 손에 들고 복도를 걸었다. 냉기가 발바닥을 타고 온몸에 퍼졌다. 양발을 번갈아 가면서 바닥에 붙였다 뗐다를 반복했다. 그렇게 5미터 정도 걸어가면 눈앞에 계단이 있었고, 계단 끝까지 올라가면 옥상이었다. 계단 끝부분에는 미끄럼방지 패드가 붙어 있었다. 그 부분을 밟고 용수철처럼 튀어 올랐다.

"다 왔다!"

굳게 닫힌 회색 문이 보였다. 옥상 문은 밀기만 해서는 절대 열리지 않았다. 동그란 문손잡이가 헐거웠기 때문에 문손잡이를 세게 당긴 다음에 밀어야 문이 열렸다. 문손잡이는 한 손에 쏙 들어왔다. 이걸 잡고 한 번에 확 잡아당겨야 했다. 하나, 둘, 셋. 마음속으로 숫자를 세고 문손잡이를 세게 당겼다. 달칵. 익숙한 쇳소리가 들렸다.

"자물쇠에 무슨 소원 쓸 거야?"

"원래 이런 건 말을 안 해야 효과가 있는 거야. 십 년 있다 봐."

"도대체 무슨 말을 쓰려고."

김지원이 툴툴댔다. 이제는 문을 힘차게 밀 차례였다. 팔을 쭉 뻗어서 문을 열었다. 열리는 문틈으로 새파란 하늘이 보였다.

수업 시간에 김영원과 눈이 마주쳤을 때였다.

'나중에 옥상!'

김영원은 선생님의 눈을 피해 열심히 입을 뻥긋댔다. '옥상'이라고 말하면서 손가락으로 열심히 위를 가리켰다. 김영원은 아무 말도 하지 않았는데 선생님 목소리 위로 김영원의 목소리가 덧씌워지는 것만 같았다. 내가 오케이 표시를 만들어 보이자, 김영원이 장난기 어린 얼굴로 웃었다.

그 장면이 가끔 기억났다. 볕 좋은 어느 날, 까만 티셔츠 위에 교복 셔츠를 걸친 김영원이 킥킥거리던 모습이.

"정유시인."

김영원의 목소리가 들려오는 것 같았다.

"들어가자."

이제 더는 혼자가 아니다. 상쾌한 기분으로 옥상에 발을 디뎠다.

작가의 말

 누군가를 좋아한다는 건 그 사람의 세계를 받아들이는 일입니다. 남이라고 생각했을 때는 아무렇지 않던 것들이, 그 사람의 일이 되는 순간 다르게 다가옵니다. 그 과정이 그리 달콤하지만은 않다는 걸 알기에 마음을 인정하기 위해 많은 고뇌의 시간을 거칩니다.

 그렇지만 누군가를 좋아하게 되면서 나의 세계는 너의 세계로까지 넓어지고, 언젠가 그 마음이 옅어지더라도 넓어진 세계는 여전히 내 발밑을 단단하게 받쳐 줍니다. 이 이야기는 그런 마음을 담고 싶다는 생각에서 시작되었습니다.

유신과 지원은 영원이 사라져 버린 뒤에야 자신의 마음을 깨닫고 방황합니다. 대상을 잃은 마음을 일으켜 세우는 건 정말 어려운 일이지요. 저는 너무 어린 나이에 마음이 무너져 버린 두 아이를 조금이라도 더 나은 길로 이끌어 주고 싶었습니다.

줄곧 과거를 외면하던 유신과 죄책감에 짓눌린 지원을 이기적이라고 생각하는 분이 있을지도 모르겠습니다. 그래도 스스로 고민하며 답을 찾으려 노력하는 아이들을 너그러운 시선으로 바라봐 주면 좋겠습니다. 그렇게 단정 짓기에는 아이들의 이야기가 아직 많이 남아 있으니까요.

『옥상에서 기다릴게』는 머나먼 길을 돌아온 유신의 고백입니다. 상처받는 것이 두려워서 자신의 마음마저 모른 척하던 유신은 결국 영원에 대한 마음도, 후회도 모두 받아들입니다. 유신은 늦어서 미안하다고 생각하겠지만 영원이라면 그런 유신을 줄곧 기다렸다고 웃으며 반겨 줄 것입니다.

잠들지 못하는 날이면 유신은 지원에게 연락하겠지요.

그러면 지원은 농구공을 들고 유신을 만나러 갑니다. 둘은 오랫동안 함께하며 잊었던 것들을 마주할 것입니다. 괴로움도, 그리움도 나눌 수 있는 사람이 있다는 사실은 두 사람에게 위안이 될 거예요.

  이 책이 독자들에게 닿을 수 있게 힘써 주신 자이언트북스 한주희 이사님, 유혜림 편집자님께 마음 깊이 감사드립니다.

  언제나 저를 이끌어 주시는 조영아 작가님께도 감사의 말씀을 드립니다. 작가님 덕분에 길을 잃지 않고 이야기를 좇고 있습니다. 같은 길을 걷는 윤서에게도 존경하고 사랑한다는 말을 전합니다. 저의 시작에 함께해 준 덕분에 지금이 있습니다.

  가족 같은 민하, 은비, 다윤, 채린. 여러분을 만나기 위해 그곳으로 갔다고 믿습니다. 무한한 응원과 지지를 보내 준 덕분에 저는 앞으로도 이야기를 꿈꿀 수 있습니다. 생각만으로도 마음이 벅차오르는 친구들이 제가 이 길을 걷는 걸 두렵지 않게 해 주었습니다.

이 이야기를 읽고 세상이 조금 더 사랑스러워졌으면 좋겠습니다.

2025년 여름바람을 담아

한세계

추천의 말

　나는 좋은 청소년소설의 기본이 '유난'이라고 생각한다. 그 어떤 상황에서도 너의 사연이 별것 아니지 않음을, 네가 충분히 아파하고 있는 이유가 될 수 있음을 '유난' 떨며 보여 주어야 한다고. 고등학교 교사로 일했던 시절, 아이들을 상담해 보면 알 수 있었다. 아이들은 "다른 애들도 다 그래"나 "세상에 그런 일이 얼마나 많은 줄 아니? 그러니 얼른 떨쳐 버리렴" 같은 말을 듣는 걸 가장 무서워했다. 그리고 계속 그런 말을 듣다 보면 점점 움츠러들고, 숨다가, 결국엔 속에 쌓인 것을 토해 내지 못한 채 곪은 상처를 안고 사는 사람이 되고야 말았다.

소설의 주인공인 유신의 나이쯤 되면 마음의 벽이 몹시 두터워져서 허물어지기 힘들다. 어른들은 그렇게 아이를 만들고서는, 막상 아이가 마음의 문을 닫으면 의뭉스럽다며 호통을 치곤 한다. 유신은 딱 그런 식으로 상처받은 아이처럼 보인다. 나는 아무것도 아니고, 내 재능도 삶도 별 볼 일 없으며, 그래서 꿈이 없는 게 너무 당연한 아이. 그 잿더미를 다시 살려 줄 친구인 영원을 만났으나 금방 잃은 아이. 사실 이런 사연을 어른에게 이야기해 봤자 예상할 수 있는 대답은 뻔하다. 너의 고민은 너무나 흔하니 얼른 정신 차리라는 것. 심지어 영원의 죽음으로 인한 이별을 그 어떤 어른도 알지 못하면서.

이 소설의 '유난'은 거기서 시작된다. 비극은 이미 일어난 후다(소설을 극적으로 만들려는 작가라면 이런 방식을 선택하지는 않았을 것이며, 따라서 동료 창작자인 나는 이 선택이 몹시 대담하며 동시에 탁월하다고 생각한다). 비극이 일어날 경우 세상은 잠시 애도하지만 곧 말하곤 한다. 잊을 때도 되지 않았냐고, 산 사람은 살아야 한다고, 사람 죽는 건 누구나 겪는 일이라고, '유난' 좀 그만 떨라고. 그러나 떨쳐 낼 수 없는 이들에게 그런 말은 대단한 폭력이다.

   그러니까 우리는 '유난'을 떨어야 한다. 함께 떨어도 된다고 말해 주어야 한다. 『옥상에서 기다릴게』는 폭력적인 주위의 속도와는 무관하게 충분히 너의 속도와 방식대로 슬퍼해도 된다고, 그 과정이 너를 천천히 다시금 살게 할 거라고 다독여 주는 소설이다. 자신이 특별하다고 생각하지 못해서, 자기 얘기를 하는 게 우스울 거라고 여겨서 대필을 하던 유신이 마침내 스스로의 글을 쓰기 시작할 때 그 옆에는 함께 '유난'스러워 해 주던 지원이 있었다. 아마 많은 청소년 독자에게 이 소설은 지원의 역할을 하지 않을까. 그렇게 되길 바라는 마음이다.

   '유난'해도 되는 세상에서 살고 싶다.

설재인(소설가)

한세계 장편소설
옥상에서 기다릴게
ⓒ 한세계

1판 1쇄	2025년 5월 10일
1판 3쇄	2025년 9월 25일
지은이	한세계
펴낸이	지영주
편 집	유혜림
표지 디자인	어나더페이퍼
본문 디자인	데시그
마케팅	한주희
경영 지원	남지은 정호성
펴낸 곳	㈜자이언트북스
출판 등록	2019년 5월 10일 제2019-000085호
주소	경기도 고양시 덕양구 덕은1로 5 2층
전화	070-7770-8838
팩스	02-516-5320
홈페이지	www.giantbooks.co.kr
전자우편	giantbooks00@gmail.com
인스타그램	https://www.instagram.com/giantbooks_official
ISBN	979-11-91824-48-3 (43810)

*이 책의 내용을 재사용하려면 저작권자와 자이언트북스의 동의를 받아야 합니다.